KAMASU

CW01496683

Il manuale illustrato per scoprire le posizioni più eccitanti del Kamasutra e soddisfare i desideri nascosti del tuo partner + Giochi erotici di coppia

Di Rossella Pompamagna

INDICE

CAPITOLO 1 - COS'È IL KAMASUTRA E I SUOI BENEFICI

Il termine Kamasutra deriva dalle parole Kāma e Sūtra (sanscrito: कामसूत्र) e si riferisce alla più importante opera dedicata al tema dell'amore nella letteratura sanscrita scritta da Vatsyayana: si tratta di un testo molto antico, indiano, che tratta del comportamento umano in relazione al sesso. Il termine Kama, che in sanscrito significa sia piacere sia benessere, non è infatti considerato dall'autore del libro come un peccato, ma anzi è una disciplina che va conosciuta nel dettaglio poiché fa parte dei quattro scopi della vita chiamati purushartha. Vatsyayana è un autore che probabilmente ha vissuto in un lasso di tempo che può andare, secondo gli studi, dal I al VI secolo. Il libro originale è composto da ben 36 capitoli, divisi in 7 libri e 64 parti: ogni parte è stata scritta da un esperto nel rispettivo campo. Il libro originale del Kamasutra contiene in totale 64 posizioni sessuali con le relative illustrazioni in modo che siano più chiare al lettore e immediatamente riconoscibili. I nomi delle posizioni sono diversi e si rifanno al mondo dell'immaginario del tempo, in particolare alla natura, agli animali... L'autore del libro aveva suddiviso l'arte del sesso in 8 possibilità e per ogni possibilità aveva abbinato 8 modi per fare l'amore e quindi 8 posizioni sessuali. Nel tempo poi le trascrizioni, traduzioni e riscrizioni del libro erotico più famoso del mondo hanno cambiato il numero delle posizioni e variato la struttura, ma questa è la composizione originaria, così lontana nel tempo eppure ancora così valida. All'interno del libro del Kamasutra solo un capitolo si occupa del sesso e delle attività sessuali, il resto del libro si occupa di educazione civica (come essere un buon cittadino ad esempio) ma poiché il filone dedicato al sesso e alla sessualità è sicuramente il più famoso e conosciuto a livello mondiale, spesso, si scambia questo singolo capitolo per il libro intero. Inoltre il sesso trattato nel libro di Vatsyayana è inteso come amore divino: momento di godimento estremo che unisce l'uomo e le sue sensazioni terrene a Dio. Oltre a rappresentare una guida completa delle arti del sesso in India nell'antichità, il libro del Kamasutra è ed è stato nel tempo una delle guide più complete alla sessualità nel mondo intero e ha aiutato le persone di ogni estrazione sociale e di ogni cultura o tradizione a trarre dall'arte del sesso il godimento più profondo e autentico.

Ma approcciarsi a queste posizioni sessuali nell'età moderna può ancora portare benefici? Assolutamente sì! La scienza del Kamasutra ha ispirato uomini e donne da duemila anni in tutto il mondo e ancora oggi può risultare attuale e pratica al tempo stesso. Conoscere e approfondire l'argomento porta già di per sé a trattare il tema del sesso come un'arte e non solo come un istinto animalesco. Conoscere le posizione permette alla coppia di sperimentare nuove zone erotiche, di scoprire punti inesplorati e di conoscere sensazioni mai provate. Da un punto di vista fisico si può imparare a trarre il massimo del piacere dagli organi sessuali maschili e femminili; da un punto di vista mentale e psicologico si può ritrovare la complicità sessuale della coppia nell'investire tempo e conoscenza per l'apprendimento di un'arte nuova, antica e sempre valida. Ne uscirà rafforzato il piacere, la complicità e il rapporto da un punto di vista psicofisico e salutare.

-I SEGRETI DEL KAMASUTRA

Una saggezza millenaria a servizio degli uomini e delle donne di oggi: secondo il libro più famoso al mondo il Kama (ovvero il piacere e l'appagamento sensuale) è solo uno dei quattro scopi della vita. Per questo, approcciarsi al sesso con una visione legata al Kamasutra deve comportare una maggiore attenzione e consapevolezza verso l'atto stesso e verso tutti gli ambiti della vita che possono concorrere a migliorare il sesso e in maniera inequivocabile e indissolubile anche tutti gli altri aspetti della vita stessa. Solo così si potrà trarre il massimo del piacere che, secondo l'autore, ha il potere di avvicinare a Dio migliorando non solo la prestazione sessuale in sé, ma la vita intera. Perché anche nel mondo di oggi, chi riesce a godere al massimo delle sensazioni regalate dal sesso, può caricare il corpo di energie sessuali che continueranno a vibrare positivamente durante la giornata e nel corso della vita, attraendo in maniera del tutto naturale altre persone, valori e benefici dal mondo grazie al potere della seduzione che è insito e ancestrale in tutti gli uomini e le donne. Un approccio più consapevole al sesso e al Kamasutra comporta quindi un approccio più olistico alla vita. Conoscere e mettere in pratica le posizioni diventa allora non un semplice gioco, ma l'arte di fare l'amore. Nel libro originale oltre alla scoperta del "Kama" c'erano altri ambiti ai quali prestare attenzione per una vita piena, appagante e sana. Eccoli:

- Dharma: la virtù nella vita. Si intende la unica e sola possibilità di vivere una vita di virtù nei confronti delle altre persone, in famiglia o sul lavoro, in ogni ambito. Vivere una vita priva di rimorso o senso di colpa migliora la vita stessa, ma anche semplicemente la sessualità che può essere goduta in maniera sana, aperta e senza frustrazione e senso di colpa.

- Artha: è l'arte della prosperità. Crescere e prosperare è lo scopo dell'uomo, non può e non deve essere una vergogna purché l'accrescimento della ricchezza personale non venga perseguito tralasciando le virtù e quindi l'onestà. Inoltre bisogna sempre tenere presente la dimensione personale e quella globale: accrescere e migliorare se stessi vuol dire permettere agli altri e al mondo di crescere e migliorare loro stessi a loro volta. Quindi il nostro sviluppo personale deve trovare sviluppo all'interno di uno sviluppo globale sostenibile. Anche la cura di questo ambito contribuisce a migliorare e trarre maggior godimento dalla sfera sessuale.

Moksha: è la liberazione spirituale. Realizzando se stesso in ciascuno di questi ambiti l'uomo raggiunge Dio. Portando questo concetto all'età moderna possiamo dire che da un punto di vista psicologico l'uomo e la donna che riesce a coniugare tutti questi ambiti della vita può trovare piacere estremo nell'atto sessuale consapevole: da qui può partire per una vita piena, piacevole, di successo e realmente vissuta.

Ecco allora il vero segreto del Kamasutra e il motivo per il quale da anni attira l'attenzione di milioni di uomini e donne, secolo dopo secolo, in tutto il mondo: conoscere e applicare le arti segrete delle posizioni del Kamasutra conduce verso un appagamento sessuale che influenza e si ripercuote su tutti gli altri aspetti della vita. Basti pensare alla sensazione di benessere fisico e mentale che ci resta addosso dopo un rapporto sessuale che si è svolto non in maniera frettolosa e abitudinaria, ma in maniera consapevole, attenta, genuina. Quella sensazione di benessere, anche dopo l'atto stesso, ci resta addosso per intere giornate e spesso torna a farsi sentire anche di notte. Ecco, quello è solo un assaggio di ciò che può provocare in noi la conoscenza profonda della arti del Kamasutra e l'applicazione costante di esse nella vita di tutti i giorni.

CAPITOLO 2 - COME PREPARARE LA MENTE E IL CORPO ALL'ATTO SESSUALE

Se pensi solo a soddisfare te stesso durante il rapporto sessuale, dovresti prepararti per quando scoprirai che la tua donna ti tradisce e ti lascerà per un altro uomo.

Devi assicurarti di premere tutti i tasti giusti per far raggiungere alla tua donna orgasmi esplosivi durante il rapporto sessuale. Avere questa mentalità ti permetterà di ottenere una vita sessuale esplosiva, e la tua donna sarà sempre entusiasta di avere rapporti con te. Non avrebbe nemmeno l'idea di esserti infedele!

Quando hai un rapporto sessuale con la tua donna, non dirigerti solo verso la sua vagina; devi assicurarti di renderla calda e pronta a ricevere orgasmi toccando e stimolando il suo clitoride. Spingendo e stimolando la vagina della tua donna le darai un appagante orgasmo. Fare questo ogni volta renderà la tua donna dipendente da te per il sesso!

A differenza degli uomini che possono eccitarsi sessualmente in un attimo, le donne hanno bisogno di più tempo per essere eccitate sessualmente. Per le donne, l'eccitazione sessuale non si basa principalmente sulla vista, quindi presentarsi nudi non rendere la tua donna vogliosa di avere un rapporto sessuale con te.

Prima di iniziare ad accarezzare il suo corpo, dovresti eccitarla sessualmente parlandole in modo sporco. Sussurrale nelle orecchie quello che vuoi farle nel momento in cui le togli il vestito. Sii creativo con le parole che dici. La maggior parte delle donne ama quando il loro amante parla sporco, quindi parla e descrivile in dettaglio quello che esattamente stai per fare quando la vera azione inizierà.

Il prossimo passo è che tu cominci lentamente ad allentare il suo vestito mentre la baci e la accarezzi sulle zone erogene. Assicurati di iniziare dal suo viso e muoverti lentamente verso il basso fino a raggiungere il suo piacere sessuale - la vagina. Baciala dalle labbra al collo, alle spalle, poi al seno, alla scollatura. Continua a baciarla e ad accarezzarle lo stomaco e le cosce. Evita la sua vagina per ora. Vedrai che lei comincerà a gemere più forte, e vorrebbe che tu iniziassi a baciare, leccare e succhiare altro.

Quando finalmente raggiungerete la sua vagina, usate la vostra lingua, le labbra e le dita in diverse combinazioni e tecniche per stimolare il suo clitoride e il suo punto G. Facendo questo per alcuni minuti, la tua donna si infiammerà; la sua vagina sarà grondante di piacere. Lei ti pregherà di inserire il tuo pene e iniziare a spingere dentro e fuori dal suo "foro del piacere". Nel momento in cui hai iniziato ad accarezzare il clitoride e a stimolare il punto G, allora tieni a mente che DEVI penetrarla. Quindi tieni il preservativo a portata di mano.

Assicurati sempre di penetrare la tua donna in qualsiasi posizione che ti permetta di spingere profondamente. Questo è molto importante se hai un pene di piccole o medie dimensioni. Assicurati di spingere lentamente all'inizio e aumenta gradualmente la tua spinta fino a quando lei inizia a gridare di piacere. Continua ad aumentare la tua velocità di spinta, specialmente quando noti che la tua donna sta per raggiungere un orgasmo.

Mentre spingi, assicurati di accarezzare il suo clitoride. Fare le due cose simultaneamente (spingere e accarezzare il clitoride) le darebbe l'orgasmo più esplosivo della sua vita.

Assicurati di non eiaculare durante i suoi orgasmi sessuali; molte donne sperimentano orgasmi multipli. Quindi, se continui a spingere e a stimolare il suo clitoride, le darai altri 2 o 3 orgasmi prima di eiaculare.

Sai perché la maggior parte degli uomini non può dare alle loro donne questo tipo di esperienza sessuale? O eiaculano troppo velocemente, o il loro pene non è abbastanza grande per stimolare adeguatamente la vagina della loro amante.

Sei disturbato da uno di questi due problemi? Non preoccuparti, usando esercizi naturali per il pene risolverete questi due problemi. La cosa migliore di questi esercizi è che fanno uso solo delle tue mani, senza bisogno di chirurgia!

Durare di più mentre si fa sesso

Cosa succede se ti trovi in una situazione in cui si presenta inaspettatamente l'intimità con qualcuno, e sei preoccupato, ansioso, e incerto perché soffri di eiaculazione precoce? Forse non c'è molta scelta perché il calore del momento raggiunge il punto di ebollizione ed è "game over". Ti eri detto che avresti cercato delle soluzioni su come durare più a lungo durante il sesso, per stroncare finalmente l'eiaculazione precoce sul nascere, e forse hai anche sfogliato qualche manuale promettente che avevi intenzione di acquistare. Ma ora ti rendi conto che sei arrivato troppo tardi, e che il tempo dell'intimità è arrivato. Bene, non tutto è perduto. Potete ancora "guadagnare un po' di tempo" prima di cercare come durare di più mentre fate sesso. E tutto ciò si può fare anche durante l'atto!

Ma bisogna capire che questa è una soluzione strettamente temporanea, e in nessun modo dovrebbe essere la risposta definitiva al tuo problema di eiaculazione precoce. Potrebbe però, farti passare la notte con successo.

Se la situazione si presenta, devi prima diventare più sicuro possibile, realizzando che hai questa tecnica a disposizione che puoi usare.

Impiegare invece una tecnica che allontani la vostra mente dall'intimità, spesso aggrava la situazione dell'eiaculazione precoce poiché la mente si concentra costantemente sui pensieri relativi a come durare di più mentre si fa sesso. Quando la mente si concentra su questa preoccupazione, essa si manifesterà molto più velocemente, rendendo l'eiaculazione precoce ancora peggiore. Saresti stupito di come puoi, almeno temporaneamente, rispondere alla domanda su come durare di più mentre fai sesso semplicemente concentrando la mente altrove. Può fare la differenza tra una notte soddisfacente e una notte di eiaculazione precoce piena di disastri.

La tecnica

Ci sono diversi metodi in cui questa tecnica si può impiegare per durare di più mentre si fa sesso. Quello che segue è un metodo semplice e universale che penso che la maggior parte delle persone segua: Contare all'indietro.

Iniziate con il numero 200 e cominciate a contare all'indietro: 199,198,197, ecc. Continua a questo ritmo costante e concentrati sui numeri, contando correttamente all'indietro.

Inizialmente questa tecnica vi sembrerà la panacea di tutti i mali, dato che vi stupirete di quanto durate a letto, ma noterete come non vi stiate godendo a pieno il rapporto sessuale. La vostra mente è altrove, e a volte può sembrare che vi stiate perdendo qualcosa. Ma ricordate, questo è il motivo per cui questa tecnica dovrebbe essere considerata una soluzione temporanea. La stai usando solo per superare la notte ed evitare il temuto imbarazzo dell'eiaculazione precoce. Perché superare questa notte può portare a più notti, dove potrai poi essere meglio preparato con una soluzione a lungo termine.

CAPITOLO 3 – RAGGIUNGERE L'ORGASMO IN MODI DIVERSI

Secondo uno studio recente, una donna su cinque, sposata per un massimo di 3 anni, conosce l'orgasmo solo da libri o film, ma non da esperienze personali. Tra quelle sposate da più di dieci anni, il 10% non ha mai raggiunto un orgasmo, e per il 15% di tutte le donne del mondo (con l'esclusione della Cina), l'orgasmo rimane un mistero mai sperimentato. Perché l'orgasmo non fa parte della vita di ogni coppia, e cosa possiamo fare per cambiare questa situazione?

La parola orgasmo ha origine dalla parola greca "orgao", che significa "essere ardente di passione". Questa traduzione è proprio perfetta. I dizionari medici definiscono l'orgasmo come il livello più intenso di sensazione di piacere che si verifica alla fine del rapporto sessuale. I tre principali "strumenti" per raggiungere l'orgasmo per le donne sono il clitoride, la vagina e l'utero, anche se in alcuni casi, l'innesco dell'orgasmo può essere praticamente qualsiasi parte del corpo

L'orgasmo femminile di solito dura più a lungo di quello maschile. Come quello maschile, può essere ondulato (i picchi di piacere si susseguono con intervalli minimi). I sessuologi distinguono due tipi di orgasmi. Affermano che l'orgasmo clitorideo è solo a metà strada verso la più alta sensazione di estasi. L'orgasmo clitorideo-vaginale è considerato il massimo delle capacità sessuali di una donna. Le sensazioni che lo precedono sono la sensazione di assenza di peso in fondo allo stomaco e la sensazione di calore che si diffonde dalla zona del bacino al resto del corpo. Contemporaneamente, la vagina, l'utero e i muscoli delle natiche si contraggono automaticamente ad un certo ritmo, e la donna sente la sensazione di piacere estremo. Avendo provato l'orgasmo una volta, le donne si sforzano di provarlo ancora e ancora.

I casi in cui una donna non può mai, in nessuna circostanza, provare un orgasmo sono estremamente rari. La ragione di ciò è l'anomalia dello sviluppo prenatale di certe parti del cervello e del sistema endocrino. Queste donne uniche sono indifferenti al sesso in qualsiasi forma. Supponiamo che tu abbia un interesse per l'intimità e che, anche se non hai provato un orgasmo, sperimenti alcune sensazioni piacevoli. In questo caso, potresti avere una frigidità secondaria, che è lo sviluppo ritardato delle sensazioni sessuali. Potrebbe essere una magra consolazione, ma un'alta percentuale di donne arriva a provare l'orgasmo solo dopo diversi anni di matrimonio, molto spesso dopo aver avuto un bambino. Alcuni altri fattori potrebbero potenzialmente impedire ad una donna di provare l'orgasmo. Esaminiamoli.

1. Peculiarità dello sviluppo ormonale.

Tutti sappiamo che il testosterone è l'ormone responsabile dell'attrazione sessuale sia per gli uomini che per le donne. Tuttavia, solo pochi di noi sanno che l'ormone sessuale estrogeno controlla l'intensità dell'orgasmo delle donne. Se c'è una carenza di questo ormone, il picco sessuale può essere poco eccitante o non avvenire affatto. La raccomandazione in questa situazione sarà di andare in clinica per monitorare il tuo equilibrio ormonale.

2. Costituzione sessuale debole.

Può essere alta (queste donne si eccitano sessualmente dopo 3-4 minuti di preliminari), media (15-30 minuti), e debole (un uomo può dedicare un giorno intero ai preliminari, e lei ancora non ottiene nulla). La maggior parte delle donne ha una costituzione sessuale media, il che significa che si può dimenticare l'orgasmo senza 20 minuti di preliminari.

3. Analfabetismo sessuale del partner.

L'orgasmo femminile dipende molto dalla durata dell'erezione del partner, dall'attività sessuale e dall'intraprendenza. Non tutti gli uomini si rendono conto che la regola 'prima le donne' vale non solo per aprire la porta a loro ma anche per l'orgasmo. Gli uomini dovrebbero lasciare che la loro partner "vada per prima" e solo allora raggiungere il loro orgasmo.

4. Strappo dei muscoli del perineo dopo il parto.

Un orgasmo intenso avviene di solito a causa della cosiddetta piattaforma organica, che appare proprio prima del picco sessuale. Quando le pareti pelviche si gonfiano di sangue, l'ingresso della vagina si restringe quasi due volte, il che è l'indicatore numero uno della disponibilità del corpo all'orgasmo. Durante la fase del climax sessuale, la piattaforma esegue 3-5 (in alcuni casi 10-15) contrazioni ritmiche con un intervallo di 0,8 secondi. Più contrazioni e più intense sono, più potente è l'orgasmo. Se i muscoli del perineo sono stati danneggiati durante il parto e il riempimento sanguigno delle pareti della vagina è interrotto, la piattaforma organica e di conseguenza l'orgasmo possono anche non avvenire. Ci sono alcuni esercizi che si possono fare per rafforzare i muscoli della vagina. Vi consiglio di consultare il vostro medico.

5. Gli effetti collaterali dell'educazione.

La frigidità secondaria e la disarmonia in camera da letto sono spesso il risultato della prudenza femminile (e, in alcuni casi, anche di quella maschile). Varie posizioni e innovazioni sessuali sono molto spesso viste come qualcosa di indecente o addirittura immorale. Considerando impropria qualsiasi manifestazione di emozioni, queste donne cercano di costringersi, rendendo impossibile il raggiungimento dell'orgasmo. I sessuologi sono convinti che qualsiasi manifestazione di orgasmo come grida, gemiti, pizzicotti, morsi, ecc. raddoppiano il piacere sessuale di entrambi i partner.

6. Le stranezze del tuo corpo.

Alcune donne hanno le terminazioni nervose dei loro genitali nascoste in profondità nei tessuti. Affinché rispondano al piacere sessuale, l'uomo deve agire delicatamente e applicare una forza leggermente maggiore di quella che userebbe di solito. A volte il clitoride è situato più in alto della sua posizione abituale. In questo caso, l'orgasmo avviene solo in certe posizioni sessuali, come quando la donna è seduta sulle ginocchia dell'uomo di fronte a lui.

7. Insincerità dei sentimenti.

Ci sono stati casi in cui le donne hanno sperimentato il cosiddetto orgasmo affettivo, che avviene con alcune emozioni negative come rabbia, disgusto o paura. I partner sessuali raggiungono l'orgasmo se entrambi sono uniti non dalla paura o dal disgusto ma dall'amore e dalla passione reciproca. Senza sentimenti teneri verso il partner sessuale molte volte l'orgasmo non avviene affatto.

CONSIGLI PER LE DONNE PER MIGLIORARE I LORO ORGASMI

Non si tratta di qualcosa che tutte noi padroneggiamo istantaneamente per diventare orgasmiche. L'abilità viene esercitata dalla maggior parte delle donne allenate attraverso la masturbazione e provare diverse tecniche di rilassamento, imparare cosa ci fa sentire bene, cosa funziona e cosa no. Questo significa che più impariamo a conoscere il piacere di noi stessi, più forti saranno i nostri orgasmi. Ecco dieci strategie per le donne per migliorare i loro orgasmi.

1. Masturbazione:

gli orgasmi più facili e più forti si verificano durante l'auto-piacere o la masturbazione. Per le donne che non hanno ancora sperimentato un orgasmo, la masturbazione spesso fornisce il tipo di stimolazione più probabile per portare a sensazioni di eccitazione e orgasmo.

La masturbazione ti insegnerà quali aree rispondono meglio alla stimolazione e ti permetterà di affinare le tue tecniche per raggiungere l'orgasmo. Quindi esplora il tuo corpo, prova diverse tecniche e sex toys, e lascia che il tuo corpo ti mostri come raggiungere l'eccitazione. Più fai pratica, migliori saranno i tuoi orgasmi.

2. Il clitoride:

Il 70% delle donne si eccita con la stimolazione del clitoride. L'orgasmo clitorideo è provocato dalla stimolazione del clitoride direttamente o indirettamente (intorno al clitoride). Alcune donne godono della stimolazione diretta e intensa del clitoride, mentre altre la trovano scomoda o dolorosa. Il clitoride può essere stimolato in vari modi, compreso l'uso di un sex toy vibrante, le dita, la lingua di un partner, e indirettamente attraverso la penetrazione vaginale. Molte donne trovano che la parte superiore destra del clitoride è più sensibile. Prova a stimolare varie aree intorno al clitoride e trova quella che ti piace di più. Gli orgasmi clitoridei sono di solito il primo tipo di orgasmo che le donne sperimentano quando iniziano ad esplorarsi sessualmente attraverso la masturbazione. Quindi non abbiate paura di mostrare al vostro clitoride un po' d'amore. Sarai felice di averlo fatto!

3. Vibratori:

I vibratori sono i migliori amici del clitoride.

Mentre molte possono e lo fanno usando solo le dita, i vibratori sono il modo principale con cui le donne si masturbano e raggiungono l'orgasmo. I migliori vibratori per il clitoride sono di solito fatti di plastica dura, uno dei modelli più conosciuti è l'Hitachi Magic Wand (puoi cercarlo su internet e farti un idea). Anche i mini massaggiatori sono meravigliosi, potenti quasi quanto i più grandi Hitachi, ma leggeri e più ergonomici.

4. Tipi di orgasmi:

Secondo la maggior parte dei sessuologi, ci sono tre tipi principali di orgasmi: Clitorideo, Punto G e Orgasmi combinati. Mentre il clitorideo funziona meglio per la maggior parte delle donne, sempre più donne imparano i segreti del punto G e gli orgasmi combinati. Imparare a raggiungere orgasmi diversi passa attraverso la pratica, la sperimentazione e l'apprendimento delle tue risposte sessuali. Per approcciare i vari tipi di orgasmi ti consiglio di avere una mentalità aperta combinata a una sorta di "senso dell'avventura" sessuale. Ricordati che analizzare il nostro corpo non è un qualcosa che avviene dall'oggi al domani, ma è un lungo percorso. Ancora oggi, dopo anni di esperimenti e avventure, scopro nuove zone erogene da stimolare; una delle ultime scoperte è stata la parte di cartilagine dietro l'orecchio…sembra una banalità, ma ti assicuro che durante un rapporto sessuale passionevole, è molto efficace andare a stimolare parti del corpo inusuali, come ad esempio l'orecchio, la parte sotto il ginocchio, il piede, e molte altre ancora.

5. Il punto G:

Il punto G è più facile da trovare se sei già eccitato. È un punto morbido e spugnoso di 1"-2" all'interno della vagina sulla parete superiore. Spesso si sentirà rugoso e comincerà a gonfiarsi quando viene stimolato. La chiave per avere un orgasmo degno di nota è il punto G. Impara a scovarlo a chiedi al tuo partner di fare lo stesso.

Esistono anche dildi progettati specialmente per la stimolazione del punto G , che sono curvi con una testa bombata e sono fatti di materiale solido come silicone, metallo o vetro. Una volta che una donna supera la sensazione di voler urinare durante la stimolazione del punto G e si lascia andare, raggiungerà gli orgasmi. Di nuovo, più fai pratica, migliori saranno i tuoi orgasmi.

6. Orgasmi combinati:

Gli orgasmi clitoridei di solito arrivano più velocemente perché quell'area è più accessibile, mentre gli orgasmi del punto G sono più intensi perché riverberano dall'interno del tuo corpo. Gli orgasmi combinati o misti sono prodotti attraverso varie stimolazioni, sia clitoridee che vaginali (e a volte analmente) simultaneamente. Betty Dodson, la madre della masturbazione che ha insegnato tecniche di orgasmo alle donne in laboratori pratici per oltre 30 anni, dice che questi tipi di orgasmi sono più facili da raggiungere se si combinano i suddetti con contrazioni dei muscoli, spinte pelviche e respirazione ad alta voce. La stimolazione simultanea del clitoride e del punto G combina le sensazioni uniche dell'orgasmo clitorideo e del punto G in un orgasmo strabiliante che si traduce in un'esperienza più lunga e profonda.

Alcune donne riferiscono che gli orgasmi combinati sono i più potenti dei tre tipi.

7. Il cervello:

Il sesso non riguarda solo i genitali. Si dice che il cervello sia il nostro più grande organo sessuale. Controlla il rilascio di sostanze chimiche che innescano l'eccitazione, creando cambiamenti fisici nel corpo che ci preparano al piacere sessuale e rendono possibile l'orgasmo. Il cervello risponde all'impulso più dominante che riceve, ecco perché la visualizzazione e la fantasia possono avere un effetto così eccitante sul nostro corpo. Purtroppo, tendiamo ad ignorare il ruolo importante che il cervello gioca nell'eccitazione sessuale. Perché se il cervello non è eccitato, non può elaborare la stimolazione sessuale, quindi neanche i genitali saranno eccitati. L'orgasmo non è solo un processo meccanico. Perciò l'atteggiamento è molto importante perché i pensieri negativi o i sensi di colpa non vi permetteranno di sentire il piacere della stimolazione sessuale. Per essere sexy, dovete pensare sexy. E per pensare sexy, dovete liberarvi delle idee vittoriane di moralità e sessualità femminile. Il corpo delle donne è stato progettato per provare piacere attraverso la stimolazione sessuale, compreso l'autopiacere e la masturbazione. Quindi concediti una pausa e goditi la tua sessualità e le tue fantasie più nascoste.

8. Lasciati andare:

Lasciarsi andare durante il sesso e la masturbazione è molto importante per raggiungere l'orgasmo. Devi spegnere l'io critico

20

che cerca di interferire con il tuo piacere. Non preoccuparti di raggiungere l'orgasmo o di avere degli obiettivi prefissati, non pensare al lavoro, alla famiglia o a fare il bucato. Se ti aiuta, continua a fantasticare su qualcosa che trovi erotico o goditi la sensazione che il tuo corpo prova in quel momento. Lascia che le energie orgasmiche ti inondino, respira lentamente, urla forte e lasciati andare.

9. Orgasmi energetici:

Mentre gli orgasmi energetici possono sembrare un racconto di fantascienza o pseudo-magia, la verità è che esistono, e i medici hanno studiato le donne che li raggiungono nelle macchine per la risonanza magnetica. Si sono resi conto che forse la parte del cervello che risponde durante l'orgasmo si accende quando le donne raggiungono l'orgasmo solo pensando. Per raggiungere orgasmi energetici, devi usare il tuo respiro per mettere in circolo l'energia orgasmica attraverso il corpo, bisogna essere rilassati, liberi e concentrarsi sul vostro muscolo pelvico e visualizzare l'orgasmo che vi attraversa. Anche se sembra pazzesco, questa è una tecnica che ogni donna può imparare con le giuste informazioni, la pratica e la pazienza.

10. Fantasie:

Brevemente menzionate sopra, le fantasie sessuali ci aiutano a rimuovere i pensieri negativi" dalla nostra vita quotidiana per metterci nello spazio mentale perfetto a raggiungere l'orgasmo. Il bello delle fantasie è che tutto è possibile. Niente è tabù. Quindi, lasciate che la vostra mente vaghi nella vostra fantasia più sporca e segreta. Le migliori fantasie femminili includono fantasie di resa, dominazione e sottomissione, sesso lesbico, sesso con uno sconosciuto, essere una "cattiva" ragazza o una prostituta, essere una dea del sesso o una schiava del sesso, e anche il buon vecchio sesso romantico alla "vaniglia".

Quindi eccovi serviti. Spero che questi consigli vi abbiano motivato a raggiungere orgasmi migliori. Ricorda, il piacere sessuale è un processo di apprendimento di noi stessi e di esplorazione che dura tutta la vita. Prova a tenere alcune di queste cose in mente la prossima volta

L'orgasmo maschile completo

Questo è il big kahuna dell'orgasmo maschile. L'orgasmo maschile di tutto il corpo è molto probabilmente il modello più sperimentato. Lei è probabilmente già venuta, e voi vi state godendo la lunga cavalcata, i baci, carezze, e profonde, lente spinte che durano a lungo. Sei molto rilassato ma incredibilmente eccitato e sorprendentemente in grado di ritardare l'eiaculazione. Questo perché ti sei trattenuto all'inizio del rapporto e la tua stimolazione e concentrazione non era solo sul tuo pene. Era distribuita. Ora, sembra che tu possa fare l'amore per sempre. E, probabilmente, puoi farlo.

Questo orgasmo ha un epicentro non necessariamente nel tuo inguine. Potrebbe essere ovunque - la tua pancia, il tuo sedere, le tue cosce. Non lo saprai finché non arriva. Quando arriva l'orgasmo di tutto il corpo, non sembra iniziare con l'eiaculazione, ma con un profondo gemito interiore che aumenta l'ampiezza e rotola come un terremoto che raggiunge le tue estremità. Può iniziare a placarsi un po', ma non fermatevi perché ce n'è sempre di più.

Orgasmo del punto G maschile

L'orgasmo del punto G maschile è a volte indicato come un orgasmo della prostata perché il punto G maschile si trova nella ghiandola prostatica. Supponiamo che tu infili un dito lubrificato nel tuo retto. Puoi sentire la prostata. È solo uno o due centimetri dentro verso la tua parte anteriore. Molti ragazzi usano giocattoli anali sia nel fare l'amore che nella masturbazione maschile per provare un orgasmo del punto G.

Per le donne, l'esperienza sessuale è per lo più interna, e noi pensiamo all'esperienza sessuale maschile solo come esterna. Con un orgasmo del punto G, si sperimenta quella sensazione interna che non è interamente ottenuta attraverso la stimolazione del pene. Un bel vantaggio dell'orgasmo del punto G è che possono essere facilmente multipli che vanno e vengono come le onde su una spiaggia.

Orgasmo eiaculatorio

Gli uomini possono evocare un orgasmo eiaculatorio da pochi

seconds a una questione di pochi minuti. È il tipo di orgasmo che emana il pene e deriva dalla sensazione di zampillo che si prova quando lo sperma viene espulso.

Orgasmo non eiaculatorio

Perché non dovrei voler eiaculare? Perché un orgasmo non eiaculatorio ti permette il privilegio di raggiungere l'orgasmo, fare l'amore, masturbarti, o qualsiasi altra cosa tu voglia fare per tutto il tempo che vuoi. La maggior parte dei ragazzi sperimenta un lasso di tempo dopo l'eiaculazione, durante il quale non hanno molta voglia di fare sesso. Se ritardi la tua eiaculazione fino a più tardi o fino a domani, ti godi un orgasmo non eiaculatorio.

Più a lungo fate l'amore, allargate la vostra attenzione e rilassate i vostri muscoli, più la vostra risposta orgasmica si svilupperà. All'inizio, senti il battito nel ventre o nell'inguine mentre sei sull'orlo dell'eiaculazione, ma lo rallenti e lo ritardi; le sensazioni arrivano più frequentemente e con maggiore intensità finché puoi dire che sono orgasmi - meno intensi, ma orgasmi.

Orgasmo contemplativo

Ti ritrovi perso nell'orgasmo in un luogo molto più grande di te. L'orgasmo contemplativo è spirituale. Non puoi definirlo tanto da come ci si sente, quanto da come lo definisci in base a dove ti concentri nell'esperienza. Se la vostra attenzione è su qualcosa di più grande di un'esperienza fisica, e il vostro desiderio di connettervi con qualcuno al di fuori di voi stessi, state entrando nel territorio dell'orgasmo contemplativo. Purtroppo, molti di noi dividono senza mezzi termini la nostra vita spirituale dalla vita sessuale, ma quando permetti a Dio di essere presente nella tua sessualità, sai che l'orgasmo è senza dubbio spirituale.

CAPITOLO 4 - 69 POSIZIONI ILLUSTRATE CON SPIEGAZIONI

Vediamo adesso le singole posizioni. A quelle originali se ne aggiungono alcune contemporanee per creare un ventaglio di opportunità il più completo possibile per l'uomo e per la donna moderna. La scelta è stata realizzata in base al libro originale del Kamasutra e le varie revisioni che si sono succedute nel corso dei secoli. Nella interpretazione di questo libro lo scopo è quello di restare il più possibile legati alla saggezza millenaria, ma con attenzione e sensibilità verso i tempi moderni. In questa maniera le posizioni troveranno facile comprensione e immediata eseguibilità per tutti gli uomini e per tutte le donne che vorranno conoscerle e provarle ai giorni nostri, iniziando così un cammino di consapevolezza e saggezza non solo sessuale, ma anche personale di accrescimento spirituale e culturale. La raccomandazione è quella di sperimentare, divertirsi e giocare. L'arte del sesso che andiamo ad analizzare è antica e saggia, ma la radice profonda di realizzazione del sé trova appagamento nell'istinto. Per questo è importante approcciarsi sì con serietà e consapevolezza alla conoscenza del Kamasutra, ma poi è altrettanto importante divertirsi e lasciarsi andare: quello che conta non è che la posizione riesca bene da un punto di vista tecnico e meccanico, ma che dia piacere, divertimento e godibilità! L'ultimo consiglio è quello di godere della scoperta con calma, lentamente.

Non fatevi prendere dall'entusiasmo e dall'adrenalina, provando a caso posizioni una dopo l'altra all'interno dello stesso amplesso. Godete anche della calma di poter giocare e sperimentare con attenzione e lentezza: la vita è già così frenetica di suo! Prendete insieme, come coppia, questo libro, leggetelo, parlatene e sfogliando le pagine e osservando le immagini scegliete d'istinto quelle che vi stuzzicano di più. Provatele con calma, siate consapevoli e attenti. Non ricercate il piacere immediato: l'attesa aumenta e intensifica l'orgasmo. La sfera psicologica alimenta la sfera sessuale... giocate con la mente prima ancora di sfiorarvi e approfondite le posizioni una per volta, una per amplesso, in modo da conoscerle, sentirle e goderle davvero. Scegliete le posizioni che vi piacciono di più alla vista e mettetele in pratica, questo non è un libro da leggere in maniera consequenziale, non ci sono regole, fate avanti e indietro tra le pagine senza problemi. Ma piano piano, giorno dopo giorno, cercate di mettere in pratica tutte le posizioni. Sarà un piacere scoprire che proprio quella che vi ispirava meno di tutte da un punto vi vista "visuale" sarà invece proprio quella che vi permetterà di godere di più! E una volta provate tutte... non vi resta che ripartire da capo con una maggiore consapevolezza che renderà tutto, di nuovo, magico, diverso e incredibile!

THE SEATED BELT

In questa posizione relativamente semplice la donna è piegata in avanti, rannicchiata su se stessa e seduta sull'uomo. L'uomo la penetra da dietro stando seduto a sua volta. Appigliandosi ai suoi piedi, la donna si muove ritmicamente avanti e indietro favorendo la penetrazione, ma anche oscillando a destra e a sinistra. L'uomo ha le mani libere e può stimolare i capezzoli o il clitoride o entrambi i punti. Le prime volte non sarà scontato trovare l'equilibrio, ma una volta individuata la corretta postura sarà più semplice gestire il rapporto.

THE PLOUGH

In questa prima posizione che vi proponiamo la donna resta ferma, in posizione comoda, con il tronco e i gomiti appoggiati al letto, su un tavolo o su qualsiasi supporto della giusta altezza (l'altezza del supporto della donna dipende dall'altezza dell'uomo), mentre al tempo stesso l'uomo la solleva sostenendola dalle cosce che vengono allargate. L'uomo entra quindi all'interno delle cosce della donna con il corpo e la penetra da dietro oscillando avanti e indietro mentre mantiene la posizione eretta. Questa posizione è ottima per gli uomini che amano fare sesso in piedi e per le donne che hanno una buona flessibilità del tratto lombare della schiena. Se l'uomo ha il pene grande la donna proverà estreme sensazioni di piacere in questa posizione. L'uomo dovrà fare un po' di fatica ma godrà di una vista meravigliosa sulle natiche e sulla schiena della donna.

RUOTA LA PAGINA!

THE CROSS

La nostra terza posizione è chiamata anche "la stella". La donna è sdraiata a pancia in su e può tenere le mani lungo il corpo o dietro la testa, piegate o distese. In questa posizione le mani della donna e dell'uomo sono libere e entrambi possono accarezzare il proprio corpo e quello altrui. Solo con una mano l'uomo può aiutarsi e sostenersi nello sforzo delle spinte agganciandosi alla coscia piegata della donna oppure appoggiando l'altra mano sul ginocchio della donna o per terra. La donna ha una gamba allungata e l'altra gamba piegata e poggiata sul petto dell'uomo. L'uomo è sopra di lei in ginocchio, con le ginocchia divaricate: una gamba poggia oltre la gamba distesa di lei e l'altro oltre il piede della gamba piegata della donna. La penetrazione avviene da davanti. Al contrario della posizione precedente questa è una posizione molto utile e godibile per l'uomo che ha il pene piccolo. Ottima anche per la donna a cui piace la stimolazione clitoridea e per le donne in stato interessante.

THE GRIP

In questa posizione la donna è sdraiata con la schiena a terra e risulta avvinghiata all'uomo. È necessario alzare il bacino per cui, se dovesse risultare difficile farlo o faticoso, è possibile utilizzare un cuscino da porre sotto le natiche. L'uomo poggia le ginocchia a terra e penetra la donna da davanti poggiando le mani, per sostenersi, a terra, con le braccia distese. Il movimento della penetrazione è dato dalla donna che muove le anche avanti e indietro. L'uomo può assecondare il movimento o restare fermo oppure alternare le due possibilità. Anche per l'uomo è possibile aiutarsi, regolare la posizione e gestire i dislivelli di altezze procurandosi due cuscini da mettere sotto le ginocchia. Anche questa è una buona posizione se l'uomo ha il pene piccolo. La donna ha le mani libere per tutta la durata del rapporto per cui può essere un'ottima possibilità per praticare autoerotismo durante la penetrazione. Si tratta di una posizione molto utile anche per chi volesse iniziare a praticare sesso anale.

THE PERCH

L'uomo in questa posizione è seduto su una sedia, possibilmente senza schienale in modo da permettere la massima mobilità della schiena di lui. La donna si appoggia, sedendosi sulle sue gambe, facendo attenzione a farsi penetrare da dietro e aiutando l'uomo scostando leggermente le cosce. Anche in questa posizione è la donna che si muove ritmicamente oscillando a destra e a sinistra ma soprattutto spingendo sui piedi e alzandosi e risedendosi sul corpo dell'uomo. L'uomo è in posizione molto comoda e ha le braccia e le mani libere per cui può aumentare il piacere di lei toccandole i capelli, avvinghiandole la schiena, stringendole delicatamente la gola o i seni, giocando con i capezzoli e stimolando il clitoride. La scelta della sedia deve coincidere con l'altezza dei due partner; con un po' di curiosità questa posizione permette di sperimentare angoli diversi della casa!

THE EAGLE

L'uomo è inginocchiato con le ginocchia divaricate. Se si ha a disposizione un letto molto basso come quelli giapponesi è l'ideale, altrimenti servirà uno strato di cuscini per sopraelevare la donna. La donna è distesa a pancia in su e si lascia penetrare da davanti. Le gambe di lei sono aperte e alzate verso l'alo a formare una V. Le braccia di lei sono libere e possono stare dietro la testa per fermare la posizione oppure distese. L'uomo tiene la donna per le caviglie o per le cosce e la solleva leggermente. L'uomo penetra la donna e continua a mantenere il movimento oscillatorio dentro di lei: si tratta di una penetrazione molto profonda e quindi questa è una posizione da praticare, all'inizio, con cautela, specialmente se l'uomo ha il pene molto lungo. Adatta anche per l'uomo con il pene piccolo e corto perché permette di arrivare molto in profondità. Anche questa posizione è adatta per il sesso anale.

THE GLOWNG JUNIPER

Questa posizione è chiamata anche posizione dell'odalisca e rappresenta una delle posizioni più sensuali del Kamasutra perché la donna può abbandonarsi tranquillamente, chiudere gli occhi e lasciarsi avvolgere dal piacere in una situazione comoda e sicura tra le gambe del proprio uomo. La donna è distesa con la schiena a terra, le gambe leggermente piegate e rilassate si aprono intorno al busto dell'uomo. L'uomo si siede tra le sue cosce, le apre e solleva delicatamente la donna alzandola con le mani dietro la parte lombare della schiena. Prima di penetrarla da davanti può baciare la zona della vagina e la vagina stessa, allungando le mani verso i seni e pizzicando i capezzoli. Una volta assunta la posizione sia le mani della donna sia le mani dell'uomo sono libere per toccarsi reciprocamente e stimolare insieme il punto G. Il punto G, comunque, in un rapporto ben eseguito, potrà essere stimolato anche dall'oscillazione stessa dei corpi in maniera spontanea e naturale.

THE PEG

Si tratta di una posizione un po' complessa e serve allenamento per riuscire ad eseguirla correttamente, ma è estremamente ricca di punti erogeni da stimolare. L'uomo è disteso sul fianco e si adagia tra le gambe di lei che si chiudono dopo averlo accolto avvinghiandosi intorno a lui. La donna è sdraiata in posizione fetale accanto all'uomo, ma girata al contrario, accanto a lui, con la testa all'altezza dei piedi. La donna stringe il bacino dell'uomo con le cosce sollevate e oscillando strofina il seno e i capezzoli alle gambe di lui. Con le braccia può abbracciare le gambe di lui per rendere la posizione più piacevole e profonda. In questa posizione l'uomo può approfittare per osservare e toccare le natiche della donna. Dopo essersi bagnato un dito con la saliva può provare delicatamente a inserirlo nell'ano di lei stuzzicando una zona molto erogena anche per la donna: entrando e uscendo dall'anno con il dito può seguire le oscillazioni della penetrazione stimolando plurimi orgasmi nella donna.

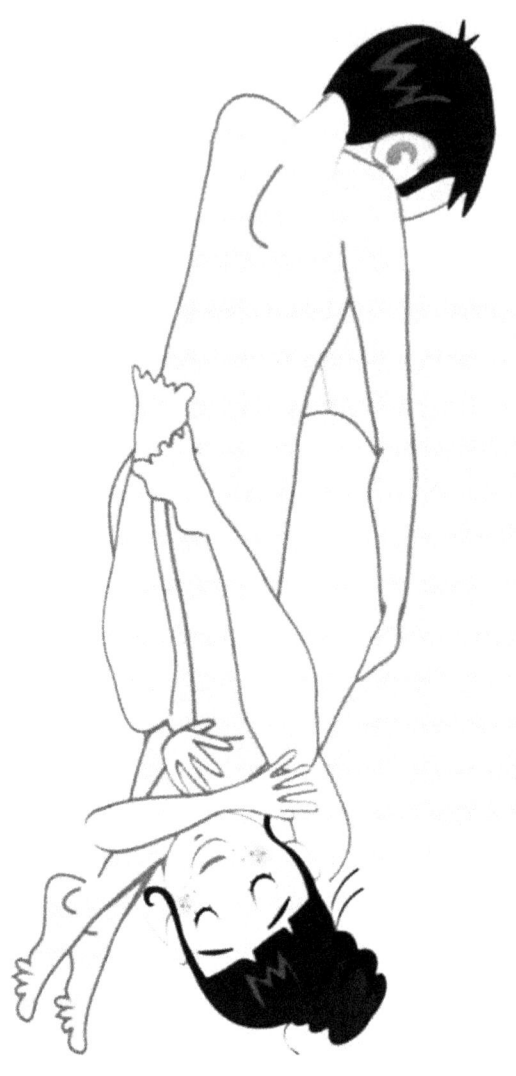

THE TONIMAGI

Questa posizione è tipica in Oriente ed è infatti chiamata anche "Segreti dall'Oriente". È adatta per chi ha il pene piccolo e toccando punti in profondità, con un po' di attenzione, può regalare grandi gioie anche a chi ha il pene lungo. L'uomo è in ginocchio davanti alla donna distesa a pancia in su. La donna ha le gambe piegate e appoggia i piedi contro il petto dell'uomo. L'uomo ha la schiena libera e può piegarsi all'indietro o in avanti allontanando o avvicinando così le cosce della donna al suo seno; allo stesso modo la donna può spingere o non spingere sui piedi per favorire la penetrazione e poi allontanare l'uomo in modo da favorire di nuovo successivamente la penetrazione, sempre più profonda. La stessa posizione, praticata dalla donna con le ginocchia più aperte, consente a lei di stimolare in punto G con le dita delle mani che sono libere e a lui di aggrapparsi ai seni con le mani o di stuzzicare i capezzoli. In questa posizione lo sguardo e rivolto l'uno all'altra e anche questo può contribuire ad aumentare il piacere nel vedere riflesso il piacere negli occhi dell'uno e dell'altro.

THE HERO

La donna è sdraiata a pancia in su con la testa appoggiata su un cuscino, ha le ginocchia leggermente piegate sulla pancia con le gamba verso l'altro. L'uomo è davanti a lei, inginocchiato e la penetra appoggiandosi con una mano dietro mentre con l'altra aiuta la donna a tenere su le cosce. La donna è in posizione comoda e distesa, ha le mani libere e può approfittare per restituire piacere all'uomo toccando la zona dello scroto e la base del pene, oppure, se gradito, inserendo un dito nell'ano di lui dopo averlo umidificato in bocca con la saliva. Garantita la penetrazione profonda, questa posizione è adatta per gli ha il pene piccolo o corto.

THE HOUND

La donna si trova in ginocchio o nella posizione comunemente della "a gattoni" con le parti intime leggermente spinte verso l'uomo con una rotazione del bacino verso l'esterno. Lei si appoggia sui gomiti. L'uomo è piegato su di lei, con le ginocchia piegate, nella posizione sessuale della maggior parte dei mammiferi animali. L'uomo in questa posizione abbraccia la donna e la penetra da dietro.

L'uomo ha le mani libere e può approfittare per rendere questa posizione tra le più classiche e conosciute un po' originale e maggiormente erotica: può toccare i seni di lei, stuzzicare i capezzoli, giocare con il clitoride e graffiare la schiena. Si tratta di una posizione molto eccitante per le donne che amano sottomettersi e per gli uomini che amano dominare. Attenzione però: per alcune donne questa penetrazione profonda può risultare dolorosa. Se la posizione è piacevole per entrambi ci si può lasciare tentare dalle sensazioni uniche del bondage ad esempio provando la stretta intorno al collo di lei con le mani di lui.

THE SHIP

Questa posizione è chiamata anche, in maniera molto poetica "Il battello sull'acqua": l'uomo è comodamente disteso supino con la testa appoggiata su un cuscino. La donna si siede sul pene eretto dell'uomo accogliendolo delicatamente dentro la vagina in maniera laterale, con le gambe sul fianco di lui e le cosce divaricate. La donna risulterà girata di lato rispetto al corpo disteso dell'uomo che potrà sorreggerla e spingerla nel movimento ritmico e oscillatorio dall'alto verso il basso. La donna ha entrambe le mani libere e l'uomo ne ha una libera dalla parte della vagina della donna, insieme o separatamente possono stimolare il clitoride di lei. In questa posizione, al contrario della precedente, è la donna che comanda e assume il ruolo di dominatrice.

THE SPLITTING BAMBOO

La donna è distesa con la schiena a terra, ha una gamba distesa e appoggia l'altra gamba sulla spalla dell'uomo. Lui è inginocchiato e ha tra le gambe la coscia distesa della donna che penetra da davanti mentre le tiene con una mano la caviglia della gamba dritta e con l'altra il ginocchio che spinge verso terra. La donna ha e mani libere per cui può accarezzare il seno per eccitare l'uomo che ha lo sguardo ricolto verso quella zona del corpo e se stessa con la stimolazione dei capezzoli. Sempre con le mani la donna può stuzzicare il suo clitoride e la base del pene dell'uomo o entrambe le cose contemporaneamente. Una variante può essere quella di ripetere lo stesso movimento con l'altra gamba e così via alternandole. Ottima posizione se l'uomo ha il pene piccolo e per le donne in stato interessante che vogliono continuare a provare il piacere del sesso.

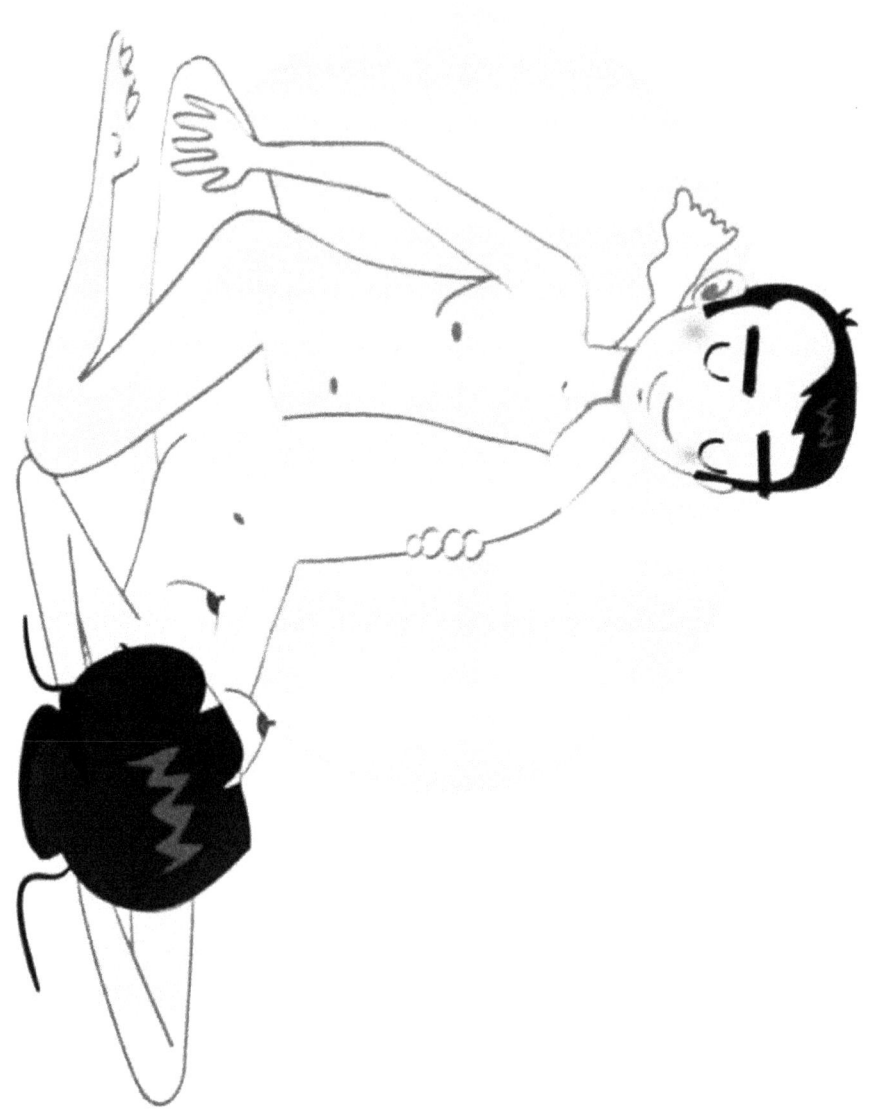

THE COLUMN – LA COLONNA

L'uomo è in piedi in posizione eretta e la donna è di fronte a lui, anche lei in piedi, mentre gli gira le spalle. La donna dovrà salire sulle punte dei piedi e inarcare in alto il sedere per permettere all'uomo di penetrarla da dietro. Poiché la posizione della donna può risultare scomodo e precaria in fatto di equilibrio, lei può appoggiarsi con le mani a un muro o a un tavolo piuttosto alto. L'uomo può stimolare il seno, i capezzoli o il clitoride della donna durante il rapporto. Ottimo per gli ama il sesso clitorideo, per chi ama il sesso in piedi e per chi ha il pene grande e lungo.

THE SPHINX

Un'ottima posizione per riuscire al massimo per quegli uomini che hanno il pene piccolo o corto, questa posizione è detta anche "posizione della Sfinge" ed è una delle più sensuali e romantiche al tempo stesso. La donna si appoggia sulle braccia e in particolare sui gomiti con una gamba piegata e poggiata sul ginocchio e l'altra lunga e distesa lungo il corpo. L'uomo le sale sopra da dietro e, dopo averle scostato e divaricato leggermente le cosce la penetra da dietro e si muove ritmicamente. Tra le gambe dell'uomo, leggermente divaricate, sta la gamba distesa della donna. La donna può agevolare l'amplesso roteando il bacino per spingere il sedere (e quindi la vagina) verso il pene dell'uomo. La donna può posizionare un asciugamano, un cuscino o qualcosa di morbido e umido sotto alla zona del clitoride in modo che la istintiva oscillazione dei corpi stimoli naturalmente e contemporaneamente anche il suo clitoride. L'uomo si appoggia con le mani a terra e le braccia distese. Ottima posizione per praticare sesso anale anche per chi è alle prime armi.

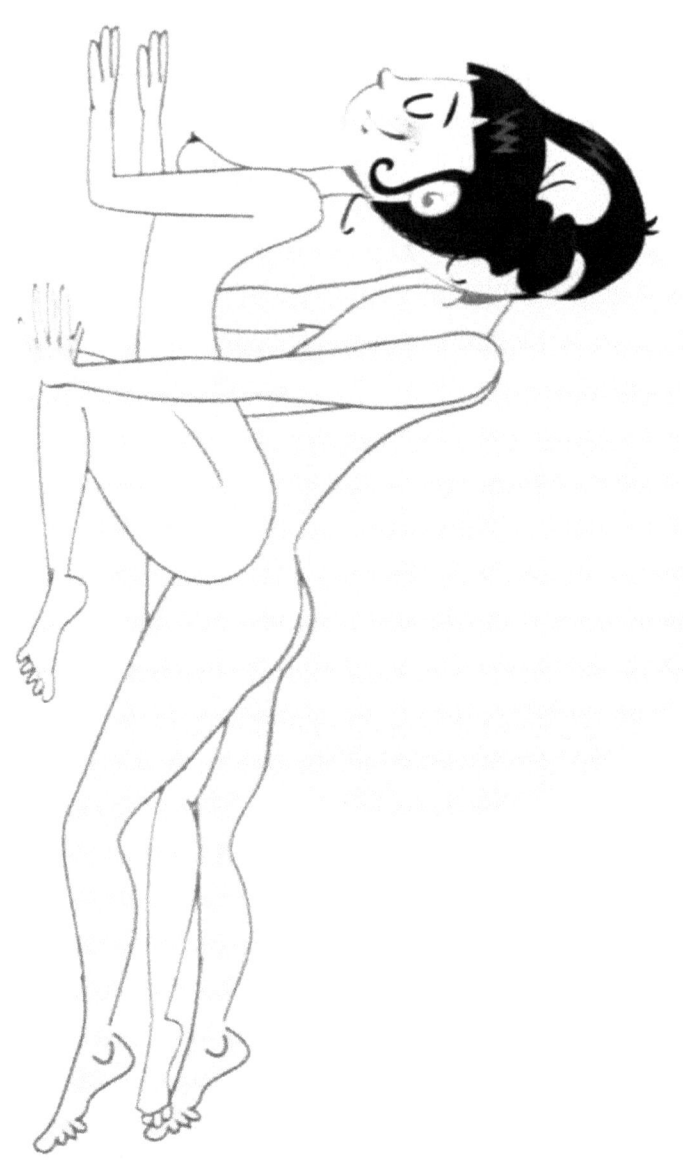

THE DECK CHAIR

L'uomo si siede per terra e si appoggia sulle mani spostandosi indietro. La donna si adagia comodamente su qualche cuscino con le gambe appoggiate alle spalle dell'uomo e si lascia penetrare da davanti e si muove ritmicamente. Una posizione così semplice in realtà può provocare un piacere molto intenso perché permette una penetrazione profonda. È infatti indicata anche per chi ha il pene piccolo e per le donne in stato interessante. L'uomo, nonostante assuma in questa posizione un ruolo passivo e non possa utilizzare del piacere del tatto attraverso le mani, gode di una vista meravigliosa sul piacere della donna e sul suo volto.

THE REVERSE COWGIRL

In questa posizione, detta anche della "cavalcata all'indietro", l'uomo è disteso sulla schiena con le gambe rilassate. La donna è a cavalcioni su di lui con le ginocchia appoggiate a terra o su un cuscino, girata all'indietro e cioè dando la schiena e il sedere agli occhi di lui. Lo sguardo della donna è rivolto verso i piedi dell'uomo. La dominazione è in mano alla donna che oscillando può accarezzare la base del pene e lo scroto dell'uomo. Sia la donna sia l'uomo possono stimolare il clitoride di lei. L'uomo può approfittare della posizione per stimolare l'ano di lei inserendo all'interno un dito inumidendo le dita con la saliva o le secrezioni vaginali. Questa è una posizione eccezionale per stimolare l'orgasmo clitorideo.

THE LUSTFUL LEG

Questa posizione è adatta per le donne con i legamenti molto elastici. La coppia si posiziona faccia a faccia in posizione eretta. La donna mette una gamba sopra alla spalla di lui. Se questa posizione è scomoda dalla posizione eretta è possibile replicarla aiutandosi con un letto: la donna mette quindi la gamba sopra il letto mentre l'uomo si inginocchia fino a poter mettere la gamba di lei sopra la sua spalla. La donna passa le sue braccia intorno al collo dell'uomo in modo da sorreggersi, l'uomo la penetra da davanti mentre lei cerca di distendere al massimo le gambe pur restando in una posizione il più possibile comoda. Questa posizione è adatta per tutti coloro che amano fare sesso in piedi!

THE SIDE SADDLE

L'uomo è sdraiato per terra o sul letto in posizione di totale relax. appoggiato sulle mani. La donna è a cavalcioni su di lui, girata su un lato, con i piedi a fianco del fianco dell'uomo e le mani poggiate all'indietro vicino all'altra gamba dell'uomo. È la donna che domina e facendo forza sulle mani e sui piedi si muove ritmicamente avanti e indietro alzando e abbassando il bacino. Le mani dell'uomo sono libere e possono servire per toccare, sperimentare, stimolare vari punti. Inoltre la visuale dell'uomo in questa posizione è inedita e non banale: nella sua posizione di rilassamento può godere del movimento ritmico dei seni della donna e di tutte le sue espressioni di concentrazione e godimento.

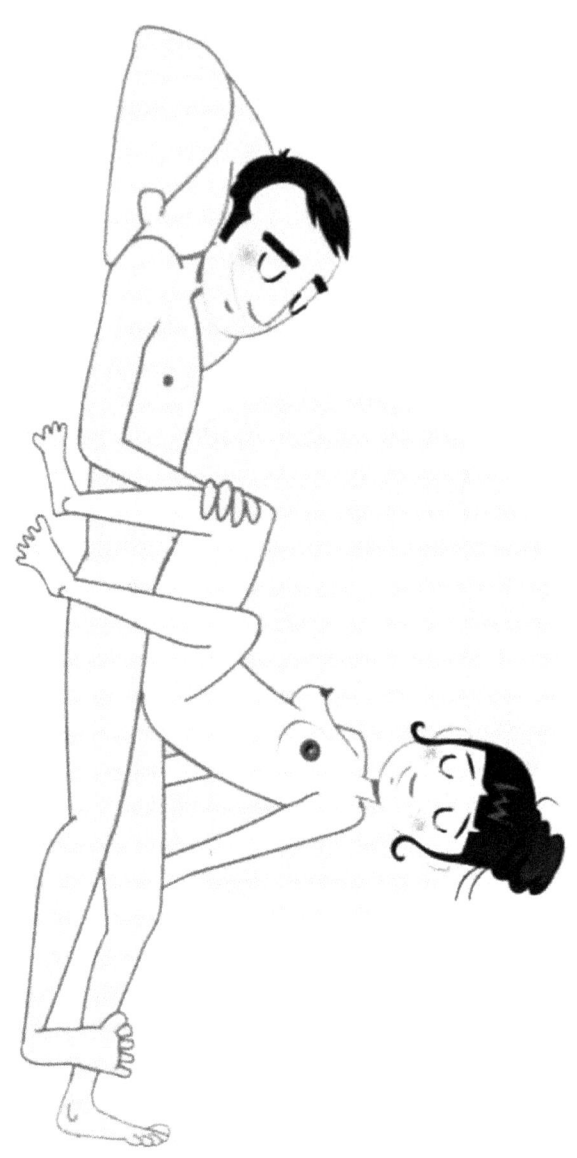

THE SHOULDER STAND

Questa è una posizione complessa da fare e da mantenere, ma molto originale e ricca di spunti interessanti. Detta anche la posizione del "Gioco della testa" necessita di due momenti: uno di preparazione e uno per l'amplesso. La donna inizia mettendosi sdraiata a terra, con il viso rivolto verso l'alto. Con le mani la donna sostiene la zona lombare e solleva gambe e schiena, in una posizione a candela, e tira su in alto le gambe il più possibile. A questo punto l'uomo si inginocchia davanti alla donna posizionando le ginocchia il più possibile vicino alle spalle della donna, nel frattempo l'uomo prende le caviglie della donna e le porta sulle sue spalle, aprendole leggermente. Poggiando la zona dei glutei sul suo bacino, l'uomo penetra la donna in questa posizione di equilibrio e aiutandosi con le mani ben strette sui glutei di lei procede a spingere il pene dentro alla vagina della donna, ben in profondità. Più i due corpi riusciranno a stare vicini, più la penetrazione sarà profonda e il godimento maggiore. L'uomo avrà una visuale inedita anche sui seni ribaltati della donna.

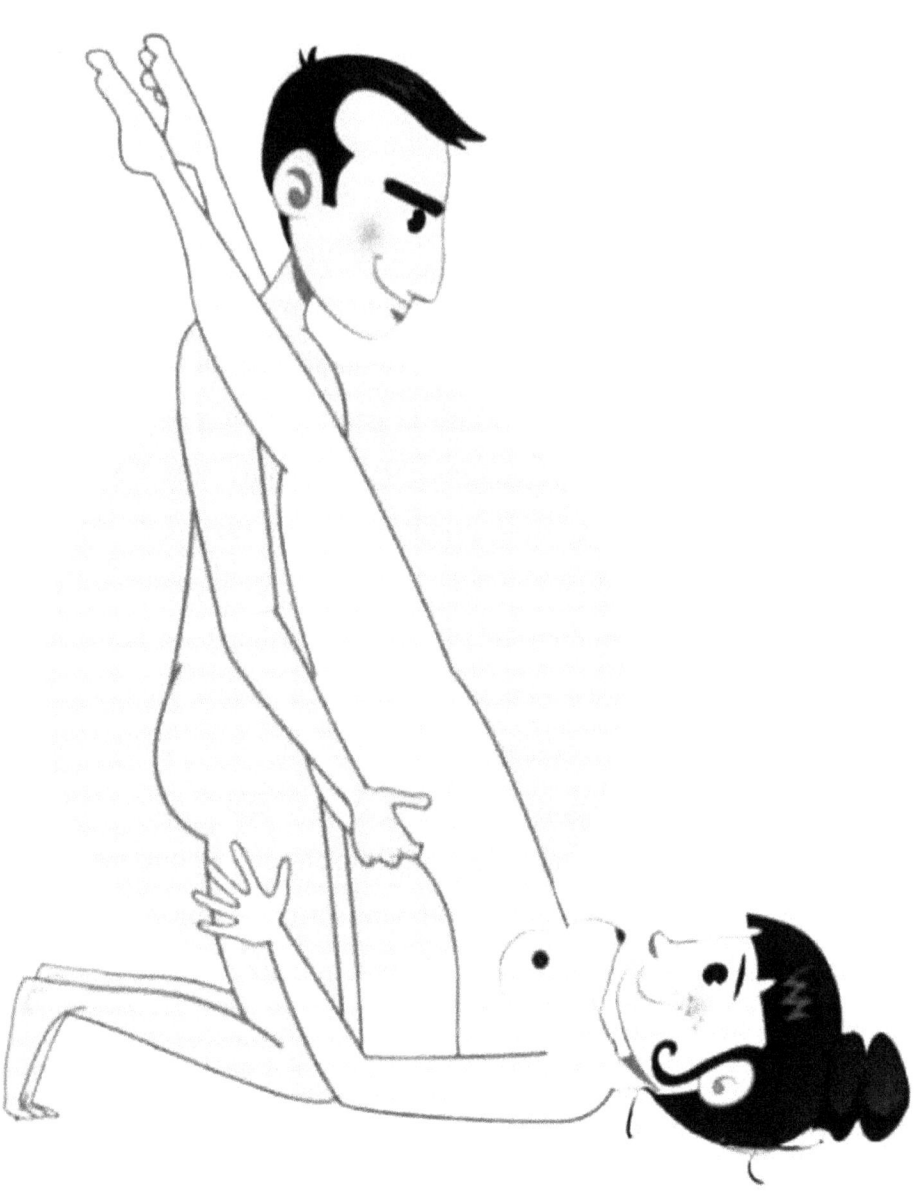

THE SUSPENDED SCISSORS

Questa posizione è una delle più complesse in assoluto e richiede una buona muscolatura per entrambi, in particolare per le braccia della donna. Anche in questo caso serve allenamento per arrivare a fare e a tenere una posizione corretta e soddisfacente, e servono due momenti: uno di preparazione e uno per l'amplesso vero e proprio. La donna inizia da una posizione sdraiata su un fianco, si solleva con il braccio sinistro e lascia le gambe distese a terra o sul letto. L'uomo la prende di lato e la tira su, in modo da alzare anche la parte inferiore del corpo della donna che resta appoggiata a terra solo con un braccio mentre con l'altro si sorregge all'uomo. L'uomo tiene una gamba della donna in mezzo alle sue gambe e sollevando l'altra gamba della donna la penetra in questa posizione di equilibrio e forza. Si tratta di una posizione estrema e faticosa, ma che permette una penetrazione molto profonda anche per chi ha il pene piccolo. Si può sperimentare questa posizione in tanti angoli della casa ed è ottima per chi ama il sesso in posizione eretta.

THE CATHERINE WHEEL

Detta anche posizione "della girandola" è una posizione che permette di stimolare molte zone erogene della donna tutte insieme ed è molto adatta all'uomo che ha il pene grande e lungo. La donna e l'uomo sono sdraiati l'uno di fronte all'altro. La donna si avvicina a lui e procede ad accostare il suo inguine su quello di lui, con la vagina protesa verso l'uomo grazie alla rotazione in avanti del bacino. La donna avvolge l'uomo con le gambe passandogliele dietro la schiena e girandole poi dietro al suo busto dai lati. La donna si sostiene dietro con le braccia e le mani a terra. Lui tiene la donna per le cosce e con una gamba la stringe a sé mentre l'altra resta piegata sotto ai due corpi. La penetrazione avviene da davanti e se l'uomo riesce a trovare una comoda posizione di equilibrio può usare una mano per toccare i seni della donna, stimolare i capezzoli e il clitoride.

THE CURLED ANGEL

Si tratta di una posizione molto conosciuta che porta anche il nome di "Posizione alla francese" e "a cucchiaio". I corpi dell'uomo e della donna sono vicini, le natiche della donna aderiscono al bacino dell'uomo: l'uomo è dietro di lei e la penetra da dietro mentre i due corpi stanno attaccati, pelle a pelle, entrambi in posizione fetale. Si tratta di una posizione molto romantica in cui il sesso assume lentezza e si alterna a baci e giochi di mani per aumentare il piacere in maniera sensuale. Si tratta di una posizione molto comoda, adatta per i momenti di stanchezza e per aiutare l'uomo con problemi di erezione o che ha il pene piccolo. Una volta avvenuta la penetrazione sia l'uomo che la donna hanno le mani libere per stuzzicare a vicenda i vari punti erogeni: in particolare l'uomo può stimolare il punto G della donna mentre al contempo la penetra dolcemente da dietro.

BACKWARD SLIDE

L'uomo è seduto su un divano o una sedia, è importante che ci sia uno schienale perché deve mantenere la schiena poggiata. I suoi piedi devono raggiungere il pavimento ed essere ben poggiati per terra. La donna si siede sopra al bacino dell'uomo standogli difronte e lasciandosi penetrare in questo momento. Poi la donna si lascia andare indietro e si sposta poi verso il basso, all'indietro, con la schiena inarcata e la parte superiore del corpo in un gesto sensuale, fino a poggiare le mani a terra in modo da potersi sostenere sulle braccia. L'uomo la sostiene reggendola stretta per le cosce che provvederà ad aprire il più possibile in modo da favorire una penetrazione più profonda. Una volta raggiunta la stabilità l'uomo avrà una completa visuale sulla vagina della donna e potrà approfittare per stimolare il punto G dopo essersi inumidito le dita con la saliva o con le secrezioni vaginali della donna.

ASCENT TO DESIRE

Nell'ascensione alla lussuria l'uomo è in posizione eretta, in piedi, e solleva la donna (che a sua volta è in piedi davanti a lui) portandola a poggiare i piedi su una sedia o su un tavolo a seconda dell'altezza. La donna lo circonda con le gambe avvinghiate dietro la schiena dell'uomo. La forza è tutta sull'uomo che fa sobbalzare la donna tenendola per le natiche e spostandola verso l'altro e poi lasciandola ricadere in un movimento ritmico. La profondità di penetrazione può variare a seconda dei movimenti e questo rende tutto più entusiasmante.

KNEELING WHEELBARROW – LA CARRIOLA

Detta anche "la carriola" questa è una posizione di angolazioni inedite. La donna sta appoggiata sulle braccia piegate a terra e su un ginocchio, l'altra gamba è distesa a mezz'aria e poggiata al fianco dell'uomo. L'uomo è in ginocchio dietro di lei e la tiene ben salda per il bacino, tiene la partner per il bacino e la gamba di lei non piegata si appoggia sul fianco. L'uomo spinge per entrare e penetrare da donna e poi per mantenere il ritmo. Solo difficilmente si riuscirà a mantenere la posizione per tutto il rapporto perché la posizione è molto scomoda per la donna, ma vale la pena sperimentare. Per alleviare il dolore sul ginocchio della donna è bene porre al di sotto un cuscino. Ottima posizione anche per il sesso anale e per l'uomo che ha il pene grande e lungo.

THE GALLEY

In questa posizione detta anche alla spagnola (da non confondere con la masturbazione tra i seni) l'uomo appoggia una mano per terra e sta seduto con le gambe allungate mentre la donna, si sdraia su di lui voltandosi di schiena. La donna poggia sulle ginocchia, allarga le gamba e si lascia penetrare, poi inizia attivamente a spingere dall'alto verso il basso oppure avanti e indietro. Se l'uomo vorrà accompagnarla premendo sulle natiche per lei ci sarà anche una piacevole stimolazione clitoridea. L'uomo può anche toccare i seni o inserire un dito opportunamente umidificato nel fondoschiena.

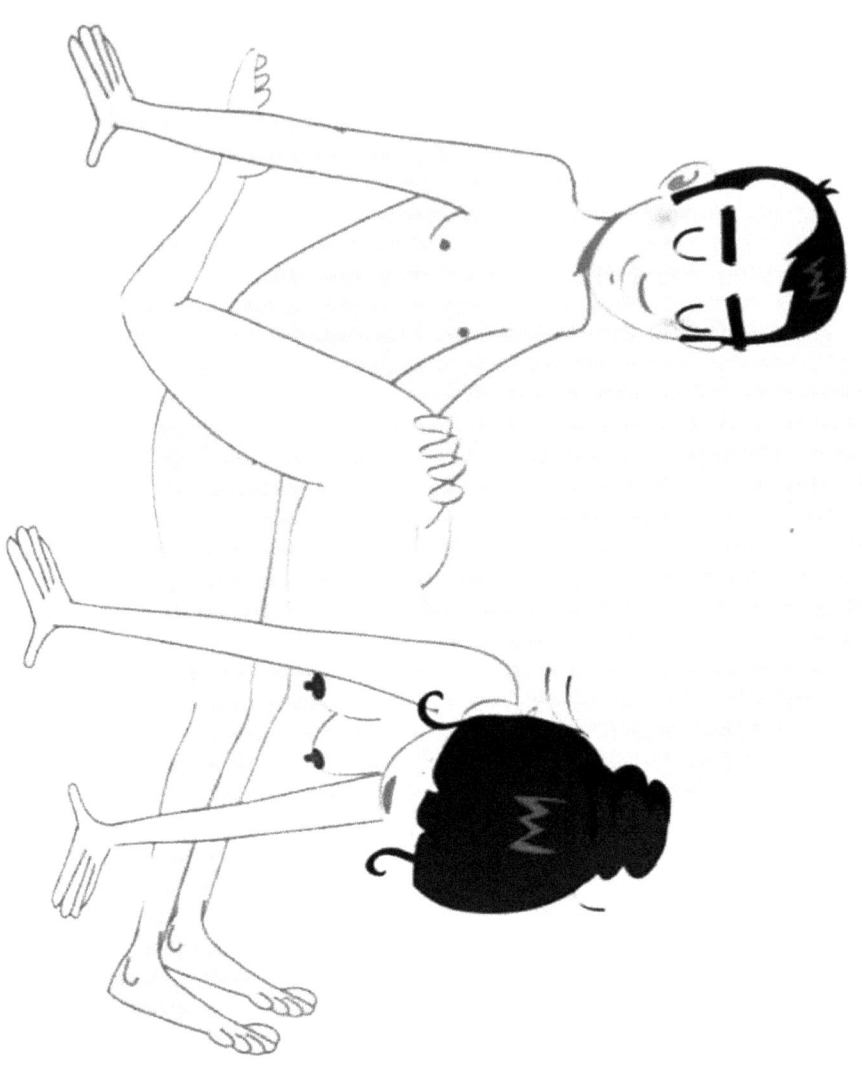

THE BASKET

L'uomo è seduto per terra o sul letto con le gambe allungate. Durante il rapporto se c'è bisogno l'uomo può allargare le gambe e piegarle leggermente per mantenere meglio l'equilibrio. La donna sale sopra di lui e si siede sul suo pene che la penetra in verticale.

Sedendosi ritmicamente sul pene dell'uomo, la donna può contemporaneamente strusciare il clitoride sul ventre di lui raggiungendo un duplice orgasmo. L'uomo la sorregge per il glutei e la aiuta, può anche, se gradito, inserire un dito nell'ano e stimolare con la lingua i capezzoli.

WIDE OPENED

L'uomo è inginocchiato nella posizione della roccia, cioè con le natiche appoggiate ai talloni. La donna è adagiata e stesa a pancia con la parte superiore del corpo a terra e la parte inferiore intorno al busto dell'uomo con le gambe rilassate e piegate dietro alla schiena di lui. Lo sguardo è rivolto l'uno all'altra e la penetrazione è profonda. Ottima per chi è alle prime esperienze con il sesso anale.

BANDOLEER

In questa posizione molto semplice e ottima per l'uomo con il pene piccolo, la donna sta distesa sulla schiena a pancia in su con le gambe sollevate e le ginocchia unite; i piedi poggiano contro il petto dell'uomo che si inginocchia di fronte a lei, la solleva fino al punto giusto e la penetra. In questa posizione in cui la penetrazione è particolarmente profonda e diretta il punto G viene stimolato in maniera più intensa.

MAGIC MOUNTAIN

Nella "Montagna magica" l'uomo sta inginocchiato dietro alla donna e la penetra da dietro. Entrambi sono in ginocchio e la donna poggia le braccia su dei cuscini o su un divano, l'uomo le si appoggia sulla schiena con le gambe esterne al quelle della donna. Anche questa posizione è perfetta per praticare il sesso anale.

SUSPENDED CONGRESS

In questa posizione l'uomo prende in braccio la donna e la solleva tenendola con le mani ben salde sotto i glutei. La donna avvolge le gambe intorno ai fianchi dell'uomo per sorreggersi e assicurare la stabilità della posizione. Con i piedi si appoggia a un sostegno (un muro o un armadio al quale l'uomo sta appoggiato, in posizione eretta, con la schiena). La forza è tutta nelle mani e nelle braccia dell'uomo, ottimo se ha il pene grande.

THE AMAZON

In questa posizione la donna, come una cavallerizza, ha in mano la situazione e domina la scena. L'uomo sta seduto su una sedia o su una panca preferibilmente senza schienale in modo che possa muovere liberamente la schiena e la donna sta appoggiata a lui, in braccio, facendosi penetrare tra le cosce dal davanti: il pene entra nella vagina in posizione verticale, quindi molto direttamente e in maniera profonda. La donna gestisce il ritmo e l'uomo ha le mani libere per stimolare diversi punti sensibili.

THE APE

Originale e divertente questa posizione è detta anche della scimmia e poiché gioca molto sulla forza di gravità ti dà la possibilità di provare sensazioni fisiche diverse frizzanti e molto eccitanti! L'uomo si sdraia e terra e tira su le ginocchia spostando i piedi leggermente da un lato. La donna si siede su di lui e lascia che il partner le appoggi i piedi sulla schiena oppure che li passi su un lato appoggiando i bordi dei piedi al suo busto. La donna aiutandosi con le mani si infila il pene nella vagina mentre si siede sullo scroto dell'uomo e facendo forza con i piedi a terra e con le mani sulle mani di lui inizia a saltellare sul pene dell'uomo. Per una stimolazione più intensa e per aiutare l'equilibrio, i partner si possono sostenere tenendosi per i polsi. La penetrazione è molto profonda per chi ha un pene grande e lungo, un po' difficoltosa come posizione per chi ha il pene piccolo o corto.

THE CHALLENGE

Detta "La sfida" è una vera e propria posizione da campioni di equilibrio! La donna è con i piedi su una sedia o su un panchetto preferibilmente senza spalliera ma ben stabile. La donna ha il busto piegato e i gomiti appoggiati alle ginocchia, sporge indietro il sedere predisponendolo alla penetrazione e se predilige la penetrazione vaginale può portare più in fuori la vagina ruotando in fuori il busto. L'uomo si avvicina da dietro e approfitta del dono offerto penetrando con forza la donna da dietro e tenendola ferma con le mani ben salde sui fianchi. L'uomo può aumentare o diminuire il ritmo e la profondità della penetrazione in questa posizione molto comoda per lui. Ottima posizione per chi ama il sesso anale e per chi ama il sesso in posizione eretta.

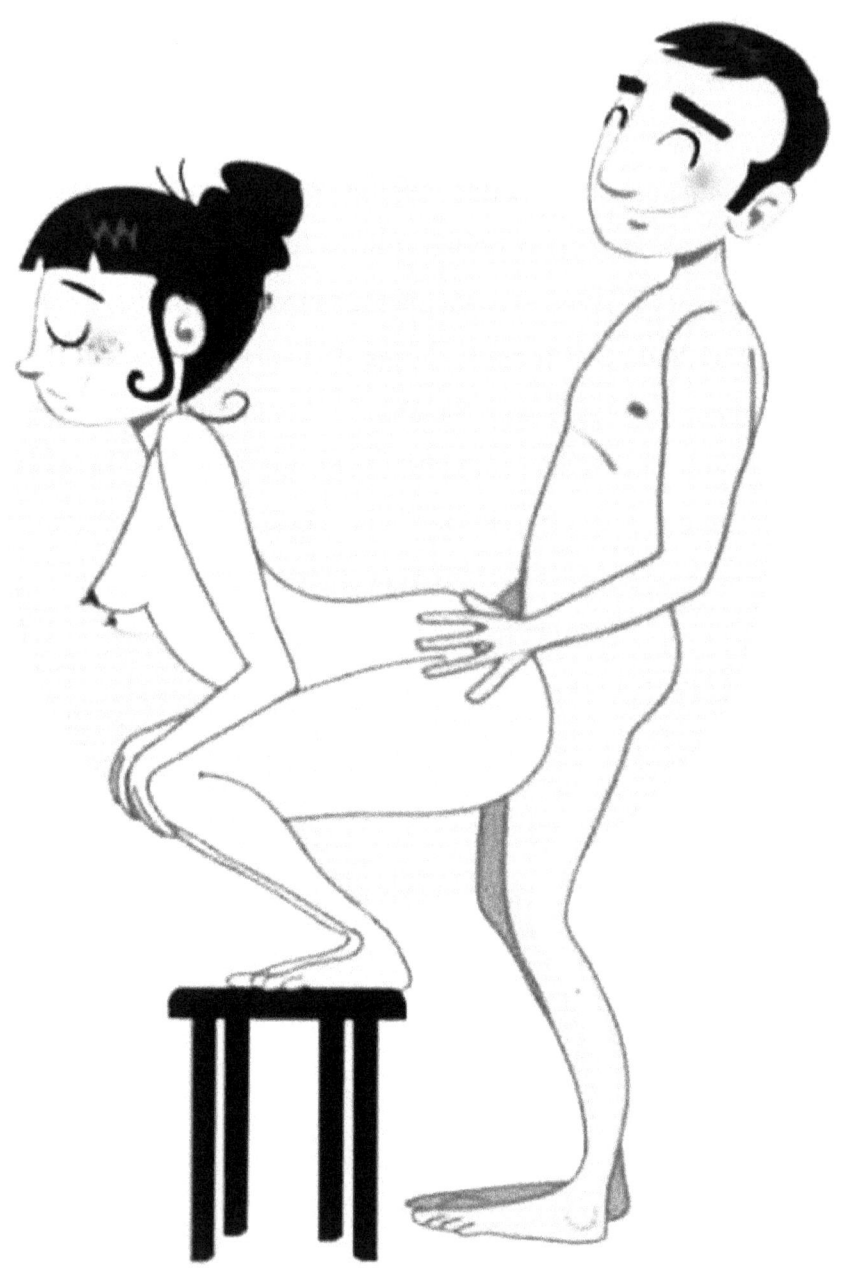

THE CRISSCROSS

La posizione è da farsi su un letto o su una superficie piana. La donna si sdraia su un lato in posizione distesa e di relax. L'uomo si dispone sul letto in posizione perpendicolare a lei formando una croce. Le gambe dell'uomo entrano entrambe tra le gambe della donna. La penetrazione avviene da dietro e l'uomo afferra la donna per le spalle in modo da aiutarsi nelle spinte che spingono il pene sempre più in profondità. La donna ha le mani libere per praticare su se stessa tutto l'auto erotismo che desidera.

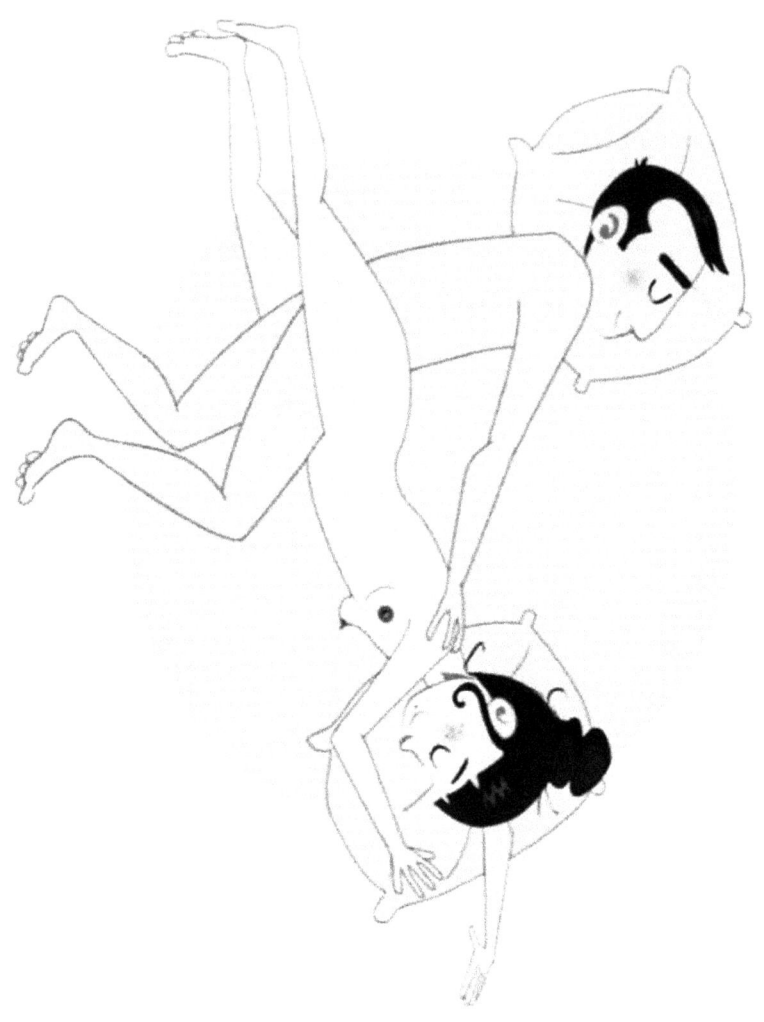

THE CROSSED KEYS

Detta anche "posizione della forbice" questa posizione è molto adatta a chi ha il pene piccolo. La donna è sdraiata a pancia in su, su un tavolo e sposta il bacino in avanzi per portarlo in corrispondenza del bordo, poi allunga le gambe verso l'alto. L'uomo è in piedi di fronte a lei e la tiene dalle caviglie, incrociando le gambe e tornando a scrociarle ogni volta che affonda il pene nella profondità della vagina.

THE DOLPHIN – IL DELFINO

Questa è una posizione complessa da fare e da mantenere, ma molto originale e ricca di spunti interessanti come altre che abbiamo visto in posizione molto simile. Necessita di due momenti: uno di preparazione e uno per l'amplesso. La donna inizia mettendosi sdraiata a terra, con il viso rivolto verso l'alto. Con le mani la donna sostiene la zona lombare e solleva gambe e schiena, in una posizione a candela, e tira su in alto le gambe il più possibile. A questo punto l'uomo si inginocchia davanti alla donna posizionando le ginocchia il più possibile vicino alle spalle della donna, nel frattempo l'uomo prende le caviglie della donna e spinge le gambe dietro di sé, la donna lo asseconda mentre si lascia penetrare e avvinghia la sua schiena con le gambe, aprendole leggermente. Poggiando la zona dei glutei sul suo bacino, l'uomo penetra la donna in questa posizione di equilibrio e aiutandosi con le mani ben strette sui glutei di lei procede a spingere il pene dentro alla vagina della donna, ben in profondità. Più i due corpi riusciranno a stare vicini, più la penetrazione sarà profonda e il godimento maggiore. L'uomo avrà una visuale inedita anche sui seni ribaltati della donna.

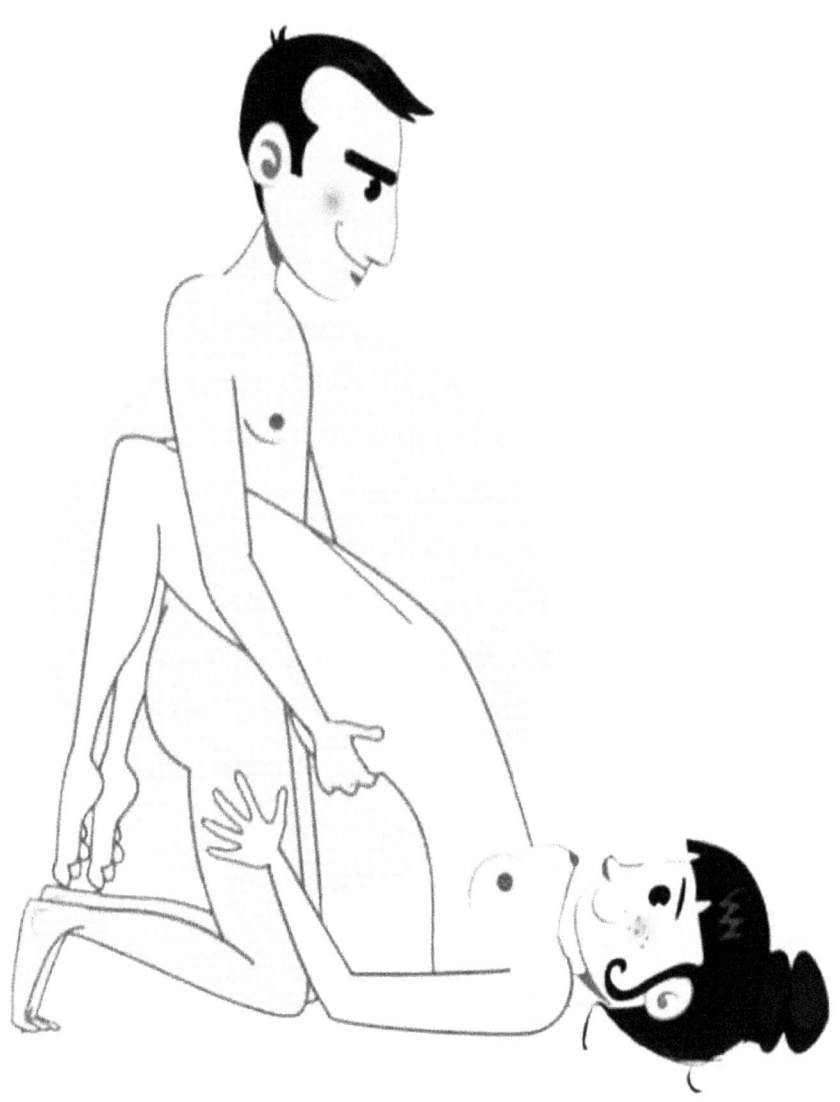

THE DOUBLE DECKER

L'uomo sta disteso sulla schiena e la donna è distesa sopra di lui appoggiata sui gomiti a terra, con le gambe flesse e i piedi appoggiati a terra. L'uomo penetra la donna da dietro tenendola e sostenendola con le mani sui glutei. La donna solleva il bacino e lo lascia ricadere modulando così il ritmo e gestendo la profondità di penetrazione. Ottima posizione per il sesso anale.

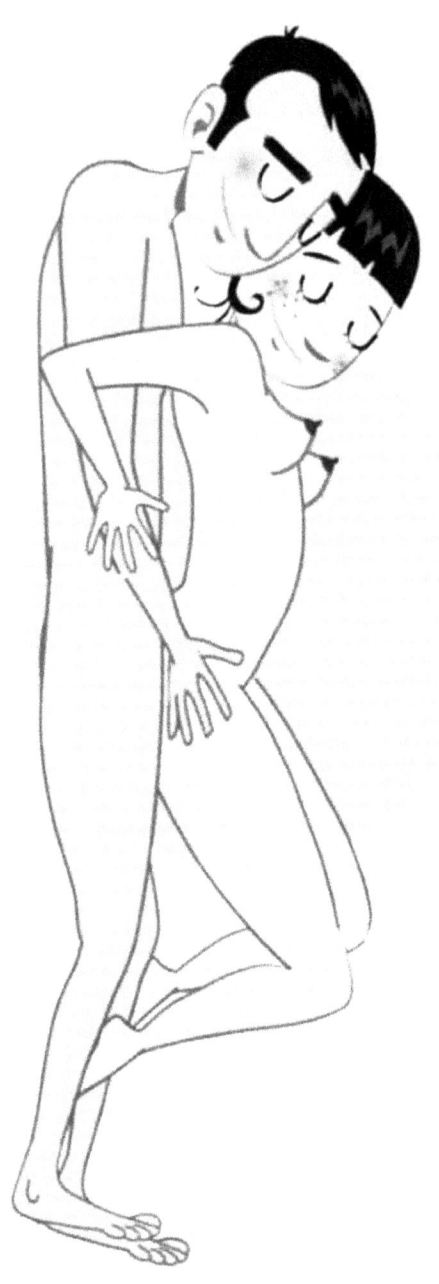

THE EROTIC V

La donna deve sdraiarsi su un tavolo o su un supporto rigido portando il bacino avanti fino ad avere la vagina in corrispondenza del vuoto. Sotto ai glutei è consigliabile mettere un cuscino per favorire l'apertura e l'innalzamento della zona pubica. Le gambe sono in alto. L'uomo si accosta al bordo del tavolo e allarga le gambe per accomodarsi all'interno di esse. Penetra la donna dal davanti come una spada. Può tenersi alle gambe e ai piedi della donna per aiutarsi a entrare e uscire dalla vagina con il pene e affondare colpi sempre più profondi.

THE FOLD

L'uomo è seduto con le gambe stese davanti a sé. La donna si mette in ginocchio sopra di lui, allarga le gambe intorno al suo bacino e lascia che il pene eretto affondi nella vagina. Dopo la donna inarca la schiena indietro fino a toccare terra facendo attenzione alla schiena. ma attenzione a non sforzare la zona lombare. L'uomo si appoggia tra i seni di lei e inizia ritmicamente a penetrarla muovendo il corpo della donna.

THE GLOWING TRIANGLE

Una posizione molto semplice che varia di poco, ma in maniera sostanziale da un punto di vista di percezione sensoriale la classica posizione del missionario. L'uomo è sdraiato sopra alla donna e la penetra da davanti ma facendo attenzione a non gravare troppo su di lei. Per farlo si aiuta facendo perno sulle braccia e sulle mani a terra. La donna piega le gambe e appoggia la punta dei piedi a terra, facendo forza sulle gambe per alzare il bacino e i glutei da terra. La posizione risulta leggera e fluttuante nell'aria, quasi come fosse senza gravità.

THE GRIP

L'uomo è in ginocchio con il busto parallelo al pavimento e le braccia poggiate a terra. La donna è sotto di lui e lo abbraccia con le gambe all'altezza del basso ventre, cingendolo dietro la schiena con i piedi che poggiano sulle natiche. Le braccia di lei sono distese a terra. In questa posizione la penetrazione è molto profonda ma gli sguardi dei due possono incrociarsi e ciò rende tutto molto più romantico.

THE INDIAN HANDSTAND

Questa sembra una posizione da veri acrobati ma risulta più semplice del previsto metterla in pratica. L'uomo è in piedi e la donna si mette in ginocchio davanti a lui con la schiena rivolta verso l'uomo. La donna si mette a quattro zampe e si forza bene sulle mani mentre l'uomo la solleva prendendola dai fianchi e dal bacino. Le gambe della donna si allargano durante la penetrazione per favorire l'ingresso del pene in vagina, ma pio si piegano all'indietro e si appoggiano alla schiena dell'uomo per saldare la posizione e dare stabilità. L'uomo spostando avanti e indietro il corpo della donna gode anche di un'ottima visuale sul suo fondoschiena e sulla schiena. La penetrazione è diretta e molto profonda.

THE KNEEL

L'uomo in questa posizione si pone in ginocchio davanti alla donna. La donna fa lo stesso mettendosi in ginocchio davanti a lui e allargando le gambe in modo che quelle dell'uomo restino dentro le sue. La penetrazione avviene da davanti e le braccia e le mani restano libere per toccarsi l'uno l'altro o per stimolare vari punti sensibile in autonomia o scambievolmente.

THE LAPTOP

Posizione molto originale, ma un po' scomoda. Consente una penetrazione da davanti molto profonda particolarmente adatta per quegli uomini che hanno il pene piccolo. L'uomo si siede su una sedia o su un divano con uno schienale al quale poter poggiare la schiena. La donna si siede sopra di lui e allargando prima una gamba e poi l'altra, dopo la penetrazione, le porta sopra le spalle di lui. La donna si sorregge al collo e alla testa dell'uomo. L'uomo aiuta la donna sostenendola nei movimenti a ritmo sulla schiena o aiutandola con le mani sulle natiche. L'uomo in questa posizione può infilare un dito nell'ano della donna dopo averlo umidificato passandolo nella bocca dell'uno o dell'altro.

THE LOTUS BLOSSOM

Una posizione molto orientale che richiede una buona flessibilità delle cosce e delle anche. L'uomo è seduto a terra a gambe incrociate e la donna è sopra di lui con le natiche poggiate tra le sue gambe. La penetrazione avviene da davanti. Le mani e le braccia solo libere per potersi accarezzare, toccare, e sorreggere o stimolare capezzoli, seni e altre zone erogene. I seni della donna sfiorano ripetutamente il torso dell'uomo creando un piacevole massaggio con i capezzoli. Le bocche sono libere e vicine per potersi baciare durante l'amplesso.

THE NIRVANA

Nella classica posizione più conosciuta e praticata al mondo basta un piccolo accorgimento per migliorare il piacere: in un letto con la testata a stecche la donna può alzare e rivolgere all'indietro le braccia, sorreggendosi alla spalliera con le mani per agevolare e favorire il movimento e quindi la penetrazione, ma anche la sua spinta verso l'altro in modo da assecondare il movimento dell'uomo e permettere lo strofinamento del clitoride sul ventre maschile così da favorire un doppio orgasmo interno ed esterno.

THE PADLOCK

La donna deve sdraiarsi su un tavolo o su un supporto rigido portando il bacino avanti fino ad avere la vagina in corrispondenza del vuoto. Sotto ai glutei è consigliabile mettere un cuscino per favorire l'apertura e l'innalzamento della zona pubica. Le gambe sono in alto ma piegate e avvinghiate a quelle chiuse dell'uomo. L'uomo si accosta al bordo del tavolo e allarga le gambe della donna per accomodarsi all'interno di esse e infilare il pene nella vagina che si trova in posizione ottimale sul bordo del tavolo. Penetra la donna dal davanti come una spada. Può tenersi alle gambe e ai piedi della donna per aiutarsi a entrare e uscire dalla vagina con il pene e affondare colpi sempre più profondi. La penetrazione sarà molto intensa.

THE PEG

L'uomo è sdraiato a terra o su un letto. La donna sale sopra di lui e si lascia penetrare da davanti. Per favorire la penetrazione e aiutarsi nel colpire e affondare il pene nella vagina l'uomo può divaricare leggermente le gambe mentre la donna farà forza sulle punte dei piedi. In questa semplice posizione l'uomo può godere dei seni della donna. Entrambi possono godere l'uno della bocca dell'altro e le mani sono libere per sperimentare e toccare. L'uomo può allargare le natiche della donna e palpare a proprio piacimento il fondo schiena, allargandolo e, se gradito, inserendo un dito all'interno dell'ano.

THE PRONE TIGER

Si tratta di una posizione molto gradita alle donne a cui piace essere dominate. L'uomo è seduto e la donna è sdraiata davanti a lui con la pancia a terra, gli da le spalle. L'uomo e la donna si avvicinano e per favorire l'amplesso la donna allarga le gambe e le passa a destra e a sinistra del busto dell'uomo il quale si spinge sempre più verso le natiche di lei fino ad affondare il pene nella vagina o nell'ano se si predilige il sesso anale. La donna si tiene ai piedi dell'uomo per rendere la posizione più salda. Con le mani libere l'uomo può giocare con le natiche sulle quali ha un'ottima visuale e stimolare in contemporanea il clitoride, l'ano o il punto G a seconda delle scelta di penetrazione che si è privilegiato.

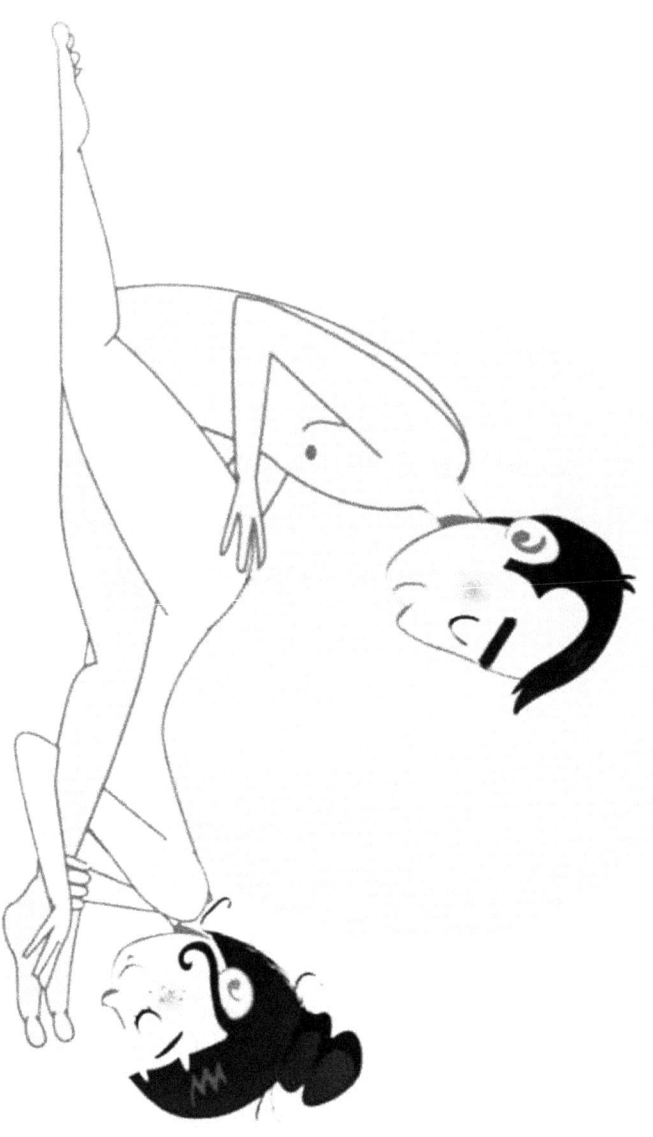

THE PROPELLER

Una posizione molto simile alla precedente può essere praticata anche al contrario con la donna distesa a pancia in su e l'uomo disteso a pancia in giù sopra di lei, con lo sguardo rivolto verso i piedi di lei. La penetrazione avviene al contrario e può stimolare punti inusuali. Le natiche dell'uomo sono a disposizione delle mani della donna che può giocarci e inserire un dito all'interno dell'ano, dopo esserselo umidificato grazie alla saliva, andando a stimolare nell'uomo la zona della prostata.

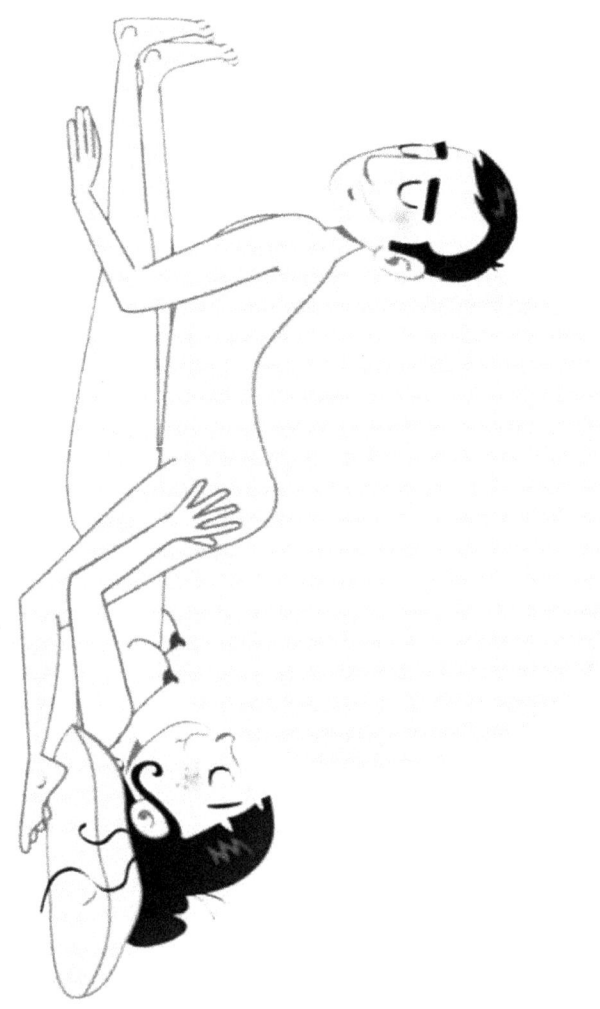

THE RECLINING LOTUS

Una classica posizione con l'uomo sopra e la donna sotto che può essere riadattata con un po' di fantasia. L'uomo è in ginocchio e affonda il pene nella vagina della donna da davanti. Lei lo abbraccia e poggia i piedi, con le gambe piegate, sulle anche di lui. In questa maniera la spinta è favorita e la penetrazione è molto più profonda.

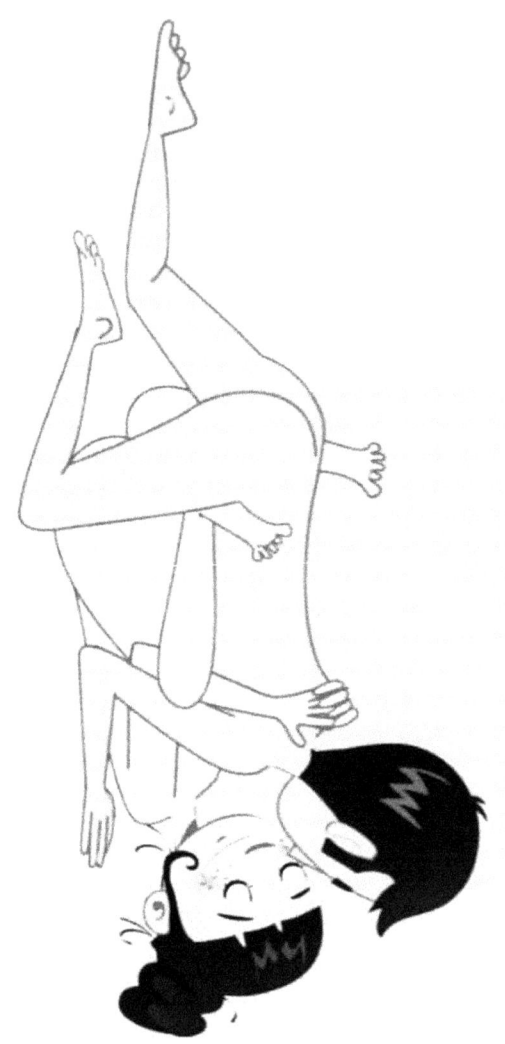

THE ROCK AND ROLLER

Questa posizione consente una penetrazione profonda e intensa tanto che per alcune donne può risultare dolorosa. È una posizione adatta al sesso anale. La donna è distesa sulla schiena e alza le gambe in alto come nella posizione della candela. L'uomo la prende inserendo il pene nella vagina mentre forza sulle ginocchia e tiene la donna con le mani sulle braccia di lei. Avvenendo dall'altro verso il basso la penetrazione raggiunge livelli inesplorati. La posizione può essere usata anche per il sesso anale.

THE ROCKING HORSE

In questa posizione l'uomo è seduto a gambe incrociate e la donna è sopra di lui, in una posizione molto sensuale. L'uomo tiene le braccia indietro e con le mani ben salde sul pavimento si mantiene con la schiena ben dritta. La donna che ha le mani libere si infila il pene nella vagina e inizia a saltellarci sopra aggrappandosi alla testa di lui il modo da offrire all'uomo i seni in un piacevole massaggio. In questa posizione è la donna a dominare e l'uomo resta fermo.

THE ROWING BOAT

Si tratta di una posizione un po' complessa da realizzare e poi da mantenere ma vale la pena di provarla. Uomo e donna si siedono uno di fronte all'altra e si incrociano le gambe l'uno sull'altra mantenendo le ginocchia in direzione del soffitto. Gli sguardi sono rivolti l'uno all'altra e se uno dei due si tiene alle gambe dell'altro, l'altro può usare le mani per esplorare il proprio corpo e quello altrui, o viceversa.

THE SEDUCTION

Si tratta di una posizione tra le più comuni, leggermente rivisitata. La donna è stesa a terra a pancia in su e l'uomo sta sopra di lei penetrandola da davanti. La variazione consiste nel fatto che la donna inizia la posizione sdraiata a partire dalle ginocchia e si distende sopra la parte inferiore delle gambe offrendo la massima apertura della vagina all'uomo che la penetra fino infondo. La donna può tenere le braccia in alto o lungo il corpo.

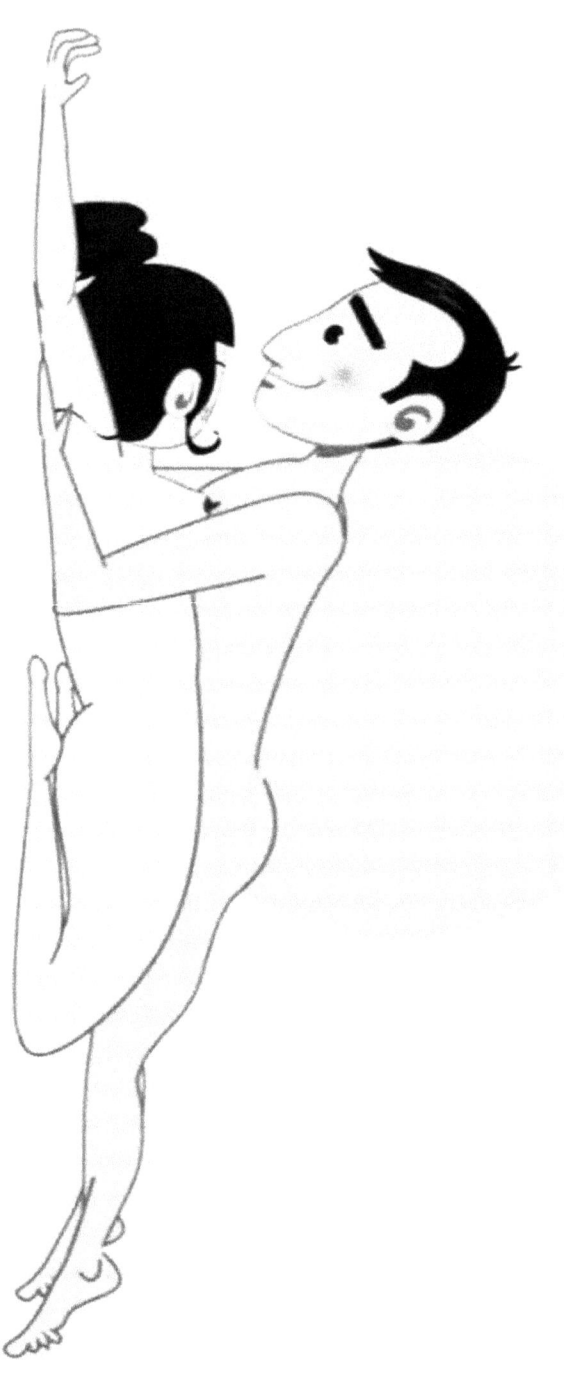

THE SHOULDER HOLDER

Anche questa posizione consente una penetrazione profonda e intensa tanto che per alcune donne può risultare dolorosa. È una posizione adatta al sesso anale. La donna è distesa sulla schiena e alza le gambe in alto come nella posizione della candela. L'uomo la prende inserendo il pene nella vagina mentre forza sulle ginocchia e tiene la donna con le mani sulle braccia di lei. La donna ha le gambe unite e per raggiungere la vagina l'uomo sposta con una mano le gambe di lei su un lato. Avvenendo dall'altro verso il basso la penetrazione raggiunge livelli inesplorati. La posizione può essere usata anche per il sesso anale.

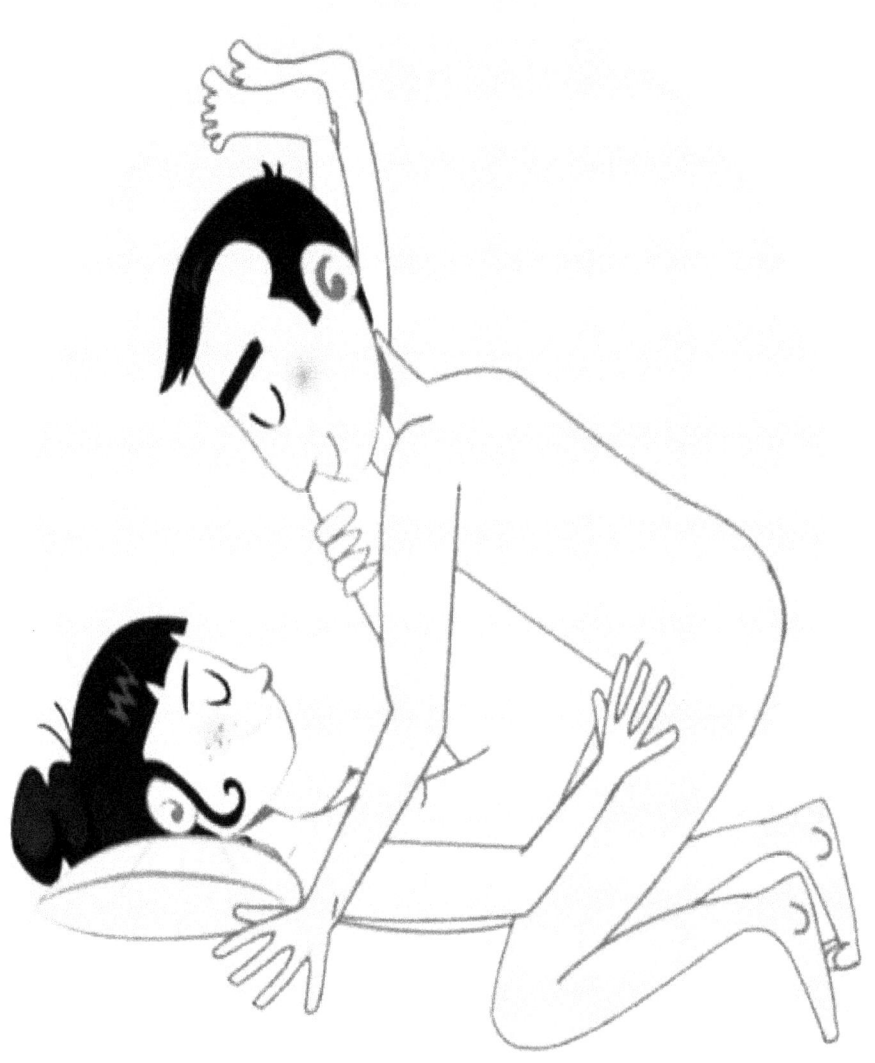

THE SPIDER

L'uomo si siede e distende le gambe. La donna si siede su di lui con la faccia rivolta verso la faccia dell'uomo e si lascia penetrare da davanti appoggiando la punta dei piedi per terra. La donna aiutandosi con le mani si infila il pene nella vagina mentre si siede sullo scroto dell'uomo e facendo forza con i piedi a terra e con le mani sulle mani ben appoggiate al pavimento inizia a saltellare sul pene dell'uomo. La penetrazione è molto profonda per chi ha un pene grande e lungo, un po' difficoltosa come posizione per chi ha il pene piccolo o corto. L'uomo gode di un'ottima vista sui seni della donna che oscillano al ritmo del movimento e la donna può sentirsi bellissima.

THE SQUAT BALANCE

Posizione adatta per gli uomini che amano il sesso in piedi ma un po' scomoda per la donna. La donna deve salire su un tavolo e posizionarsi con i piedi sul bordo e con il sedere verso il basso, come fosse seduta. Il tavolo deve essere ben stabile. L'uomo si avvicina, allarga le natiche e penetra la donna da dietro. La donna si sostiene appoggiando la schiena al petto dell'uomo e poggiando le braccia e le mani sulle braccia dell'uomo. Ottima posizione anche per il sesso anale.

THE STAIRS MASTER

Una posizione da sperimentare sulle scale di casa! La donna si pone su un gradino più alto rispetto all'uomo e si inginocchia lasciando la punta dei piedi sul gradino di sotto. Su quello stesso gradino l'uomo posizione le sue ginocchia e penetra la donna da dietro. La donna si sostiene con le mani in avanti mentre l'uomo la tiene per i fianchi per spingersi sempre più dentro di lei.

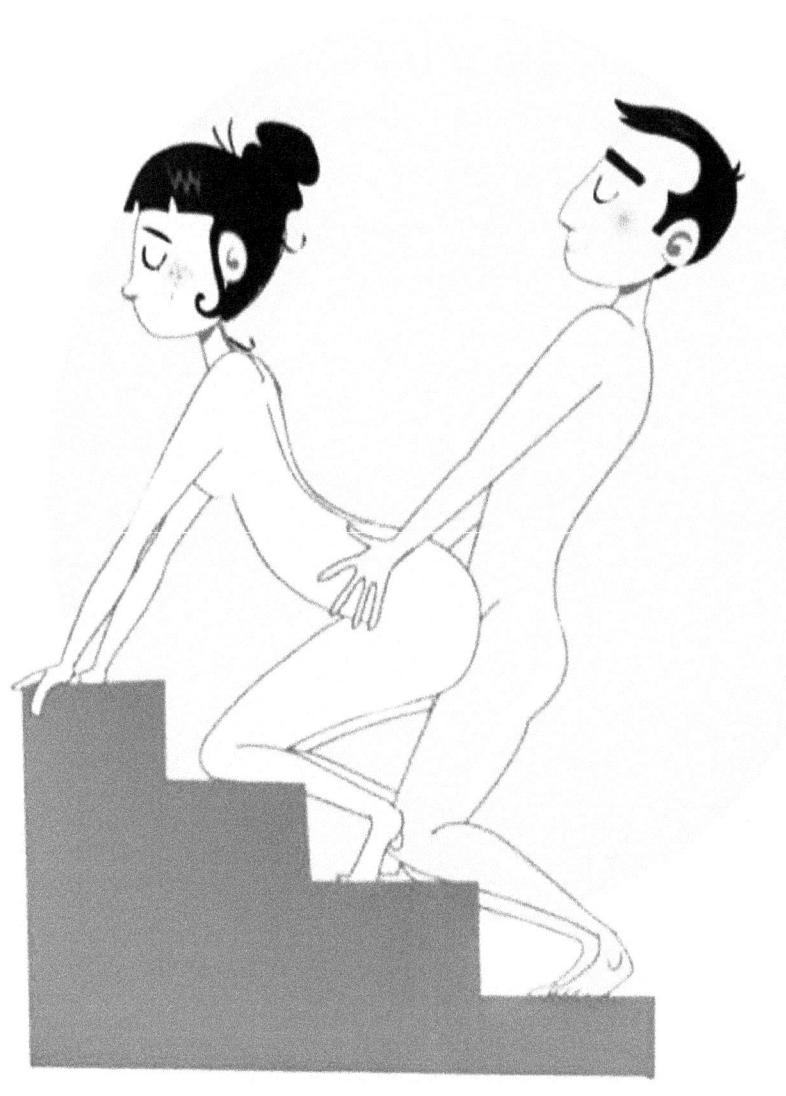

THE SUPER 8

Una posizione classica in cui l'uomo sta sopra la donna, entrambi sdraiati e l'uno rivolto verso l'altra. Per variare l'uomo può inarcare la schiena e sorreggersi con le mani a terra in modo da calibrare meglio la spinta e raggiungere maggiori profondità ottima posizione per chi ha il pene piccolo o corto.

1

THE SUPERNOVA

Una posizione molto originale in cui la donna ha totale dominio sull'uomo. L'uomo si sdraia sul letto, ma lascia sporgere la schiena e le braccia verso il pavimento fino a toccarlo addirittura con le spalle. Sarà il peso della donna, accovacciata sopra all'uomo, a tenerlo ben fermo sul letto. La penetrazione avviene da davanti e la donna a cavalcioni sul pene dell'uomo, sostenendosi con le braccia indietro e senza nemmeno guardarlo negli occhi, potrà cavalcarlo a piacimento e saltare sul suo pene per tutto il tempo che desidera.

THE TRIUMPH ARCH

L'uomo è seduto con le gambe stese davanti a sé. La donna si mette in ginocchio sopra di lui, allarga le gambe intorno al suo bacino e le ripiega all'indietro e lascia che il pene eretto di lui affondi nella vagina. Dopo la donna inarca la schiena indietro fino a toccare terra facendo attenzione alla schiena. Ma attenzione a non sforzare la zona lombare. L'uomo si appoggia tra i seni di lei e inizia ritmicamente a penetrarla muovendo il corpo della donna. Può approfittare di questa posizione per succhiare i capezzoli della donna.

THE WATERFALL

Una posizione dal nome molto romantico ma un po' difficile da mettere in pratica. L'uomo è seduto su un panchetto senza schienale. La donna si siede sopra di lui allargando le gambe e lasciandosi penetrare da davanti. Lo circonda con le gambe e si sostiene con i piedi e i fianchi alla schiena di lui. Poi si lascia andare indietro e l'uomo si piega su di lei tenendola per le spalle o, se si vuole provare qualcosa di più estremo, per i seni.

THE WHISPER

Una posizione classica dove però l'uomo e la donna sono sdraiati su un fianco uno di fronte all'altro e l'uomo la penetra di lato. Le gambe della donna possono essere larghe e cingere la schiena dell'uomo da una parte e dall'altra oppure entrambe dallo stesso lato.

THE X-RATED

Si tratta di una posizione molto gradita alle donne a cui piace essere dominate. L'uomo è sdraiato comodamente e la donna è sdraiata davanti a lui con la pancia a terra, gli da le spalle. L'uomo e la donna si avvicinano e per favorire l'amplesso la donna allarga le gambe e le passa a destra e a sinistra del petto dell'uomo il quale si spinge sempre più verso le natiche di lei fino ad affondare il pene nella vagina o nell'ano se si predilige il sesso anale. La donna si tiene alle caviglie dell'uomo per rendere la posizione più salda. Con le mani libere l'uomo può giocare con le natiche sulle quali ha un'ottima visuale e stimolare in contemporanea il clitoride, l'ano o il punto G a seconda delle scelta di penetrazione che si è privilegiato.

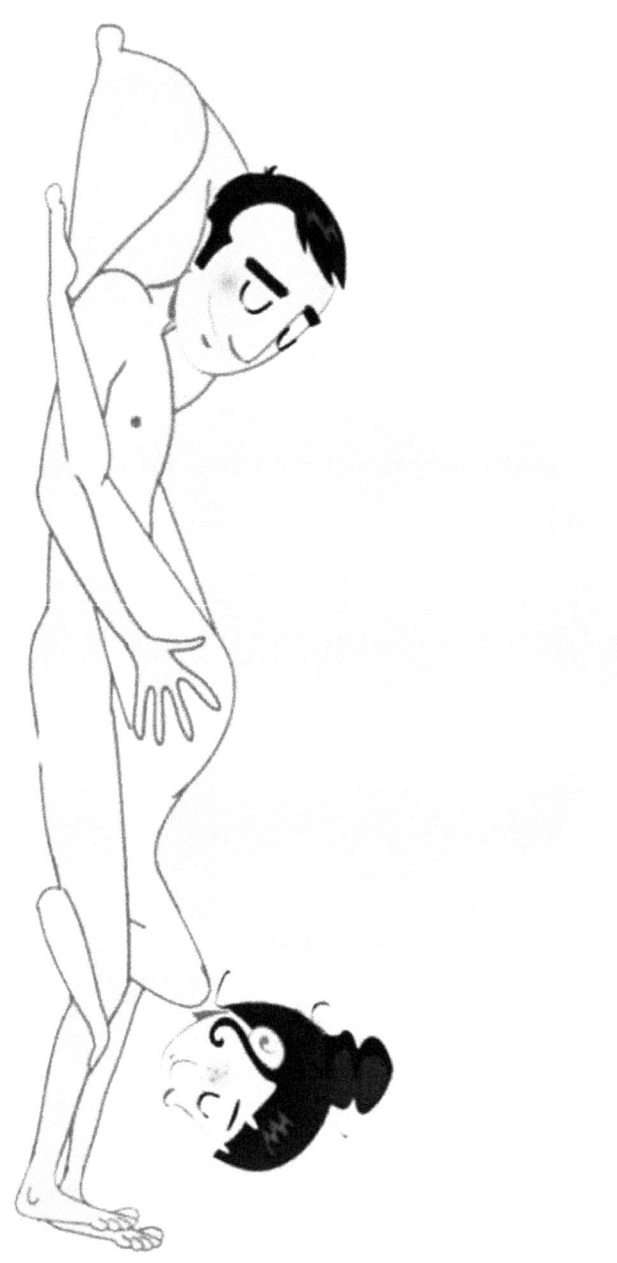

THE Y-CURVE

Una posizione molto complessa che necessita di un tavolo moto stabile. La donna di sdraia per prima sul tavolo a pancia in giù e si spinge sul bordo lasciando ricadere a terra la metà superiore del corpo fino a raggiungere il pavimento con le braccia piegate sui gomiti. L'uomo sale sul tavolo sopra di lei e le affonda il pene nella vagina o nell'ano da dietro sostenendosi con le mani ben salde sui glutei della donna. Si tratta di una posizione molto scenografica.

THE ZEN PAUSE

Questa ultima posizione è molto rilassante e predilige il sesso lento. L'uomo è sdraiato su un fianco e la donna è altrettanto sdraiata su un fianco di fronte a lui e lo cinge al busto con una gamba piegata per favorire la penetrazione. L'uomo tiene una gamba piegata per far forza a terra con il piede in modo da gestire il ritmo della penetrazione. Le braccia sostengono l'un l'altro corpo e le bocche possono baciarsi.

CAPITOLO BONUS 5 - SEX TOYS PER COPPIE

Una delle grandi idee per il sesso di coppia, per coloro che cercano di rendere le cose più piccanti, è introdurre i sex toys. I toys stanno diventando sempre più mainstream, e questa è una gran cosa. Sono il modo perfetto per aumentare e migliorare la vostra vita sessuale.

Il motivo per cui i toys sono tra le migliori idee per il sesso di coppia è che servono a più scopi contemporaneamente. Con i toys, potete esplorare e imparare come e cosa vi fa sentire bene. Più si impara su se stessi, più facile sarà per voi trasmettere queste informazioni al vostro partner.

Un'altra ragione per cui i toys sono considerati un'ottima scelta è perchè sono divertenti e portano all' orgasmo molto più facilmente. Sia che giochiate con i vostri toys da soli o con il vostro partner, è garantito che avrete degli orgasmi più potenti.

Se sei inesperto con i sex toys, sappi che ce ne sono molti tra cui scegliere, che ti porteranno sempre più ispirazione per il sesso di coppia. Alcuni toys, per iniziare, si presentano sottoforma di mini vibratori a forma di proiettile e vibratori a dito. Si possono anche trovare alcuni tipi specifici per la coppia in modo da poter raddoppiare il piacere.

Qualunque sia il caso, assicuratevi di fare qualche ricerca e di parlare con il vostro partner per scoprire a cosa sarebbe o non sarebbe interessato. I toys hanno lo scopo di migliorare i vostri orizzonti sessuali, non di spaventarvi. Sarete piacevolmente sorpresi da quanto possano essere eccitanti, rilassanti e divertenti!

Consigli per scegliere il tuo primo Sex Toy

Se state cercando alcune nuove idee per il sesso di coppia, vi suggerisco vivamente di aggiungere i sex toys ai vostri strumenti del piacere. I sex toys possono aprire un nuovo mondo di scoperte sessuali e sono un modo perfetto per rendere più piccanti le situazioni tra le lenzuola. Se non possiedi alcun sex toys, questi consigli ti aiuteranno a rendere il primo acquisto più facile.

Prima di metterti in gioco, ci sono alcune cose da considerare, pensare e discutere con il vostro partner prima di spendere soldi duramente guadagnati.

1. Ricerca: Questo può sembrare un consiglio ovvio, ma quando dico ricerca, voglio che pensiate a che tipo di stimolazione state cercando. Il luogo più facile per farlo è il divertimento. Questo è il modo migliore per capire come ti piace la stimolazione e ti aiuterà a restringere le tue scelte.

2. Usi: Avete intenzione di usare un sex toy da soli in modo da poter spiegare meglio al vostro partner come stimolarvi, o è qualcosa di cui volete godere in coppia? Questa è una domanda molto importante da fare, perché i sex toys non sono progettati solo

per i singoli individui, ma alcuni sono anche per coloro che cercano una nuova scintilla per la coppia. La decisione spetta a voi, ma vale la pena considerare e discutere in modo che entrambi otteniate il massimo dal vostro acquisto.

3. Soldi: Quanto vuoi spendere per un sex toy? Vale la pena discuterne, indipendentemente dalla situazione economica di oggi, perché se hai intenzione di spendere 200 euro per un sex toy, non significa che otterrai un piacere migliore. Un oggetto più economico può essere altrettanto divertente rispetto ad uno di fascia alta, ma è molto meno probabile che duri a lungo. Ti suggerisco di iniziare con oggetti più economici finché non scoprirai cosa ti piace per poi investire in un toy di fascia più alta. I toys di fascia alta di solito hanno un design migliore e sono più durevoli, ma non c'è niente di peggio che sganciare grosse somme per qualcosa che probabilmente vorrai cambiare nel corso del tempo.

Spero che dopo aver letto questo capitolo, ti sentirai più sicuro nell' introdurre i sex toys nella tua vita sessuale. Come hai potuto notare, sono alcune tra le migliori idee di coppia per rendere gli atti d'amore più piccanti.

CAPITOLO 6 - COME PRENDERE IL CONTROLLO

Come la donna deve prendere il controllo (consigli e tecniche segrete per lei)

Spesso molte donne vivono il sesso in maniera passiva. In queste posizioni invece abbiamo visto molti casi in cui la donna ha un ruolo dominante e, contrariamente da quanto si pensa, all'uomo piace che la donna lo controlli. Ecco alcuni spunti:

-Sentiti la regina: lascia che il tuo uomo si dedichi a te, chiedigli espressamente tutto quello che vuoi per tutto il tempo necessario. Lascia che sia quasi una tortura per lui continuare a toccarti dove tu ordini e a leccare le zone che preferisci. Senti che hai tu il comando, in un secondo momento potrai ricambiare, ma adesso tu sei la regina e lui è il tuo schiavo!

- Lo specchio: può sembrare banale, eppure guardarti mentre fai l'amore è molto eccitante e aiuta la fantasia. L'orgasmo della donna spesso è strettamente guidato dal cervello e dipende da molti aspetti psicologici oltre che fisici. Divertiti nel vederti mentre godi.

Come l'uomo deve prendere il controllo (consigli e tecniche segrete per lui)

Esistono uomini molto sicuri di sé nella vita che però temono il momento del sesso tanto quanto lo desiderano. Il consiglio per assumere il controllo in questi casi è davvero semplice: basta sapere che il modo in cui uomini e donne intendono il sesso è profondamente diverso. Per una donna non conta l'amplesso o l'orgasmo in sé, conta invece tutto il momento che racchiude il rapporto: dalla cena fino al momento di addormentarsi. L'uomo per sentirsi più sicuro e non rischiare brutte figure può concentrare la propria attenzione sulla preparazione del rapporto e nei dettagli che possono rendere felice la donna. Anche nel momento del sesso la cosa più importante non è dimostrare la propria virilità in maniera ossessiva: tocca i punti giusti, stimola le zone erogene come collo, orecchie, capezzoli e clitoride. Aiutati con le dita inumidite ed esplora tutti gli anfratti: dalle orecchie alla vagina, dal punto G all'ano... la penetrazione è solo l'ultimo step di un percorso lungo e carico di tensione crescente. Prendila e falla tua solo quando ti senti pronto e se lei ha fretta non aver paura a rallentarla... se si lascerà andare a un ritmo lento vivrà il miglior rapporto sessuale sotto al tuo diretto controllo.